# 第10客室の女（下）

原題・The Woman in Cabin 10

作・ルース・ウェア
超訳・天馬龍行

# PART FIVE

# 第17章　でて来た写真

わたしは凍りついた。身動き一つできずに、目の前の鏡に描かれた文字を見つづけた。心臓の鼓動が速まり、このままいったらパニック発作が起きそうだった。妙な耳鳴りが始まった——追い詰められた動物が痛みと恐怖から発する悲鳴のようだったが、状況から判断して、それはわたし自身の声だった。

続いて、部屋が動いて見え、四方の壁がどんどん迫ってきた。パニック発作が起きている、と自覚できた。早くどこか安全な場所に避難しなければ失神してしまう。わたしは四つん這いになって進み、ベッドに倒れ込んだ。そして、そのまま胎児の格好で丸まり、呼吸が整うのを待った。

〈落ち着いて……状況を見て……〉

若い時のカウンセラーの言葉が耳の奥でこだまする。わたしはあのカウンセラーがどうしても好きになれなかった。いまでもある種の嫌悪感を持っている。不思議なことに、今その嫌悪感がわたしに力を与え、その力が呼吸を整え、パニック発作を和らげてくれている。

わたしは何とか上半身を起こして、濡れた髪に手櫛を入れてから内線電話を探して周囲を見回した。

内線電話はあるべき所、カウンターの上の泥容器の横に、ちゃんとあった。手は震えていた上に、乾いた泥が固まっていたから、上手く受話器を取り上げられそうになかった。ましてや、０番を押すなんて器用なことなど出来るわけがなかった。だが、どうにかやってしまうと、スカンジナビア訛りの明るい声が聞こえてきた。

「ハロー、どんなご用件でしょうか?」

わたしは答えなかった。ただ、どうしようかと指先だけがキーの上を漂っていた。

そして無言のまま電話を切った。

シャワー室の鏡はベッドからもよく見える位置にある。シャワーは止まり、換気扇がまわっている今、湯煙はすっかり消え、鏡の上にあるのは〝詮索する〟の文字のあったところにふたすじの水滴の跡があるだけで、さっきまであった脅し文句は完全に消えていた。

これでは保安責任者にいくら説明しても信じてもらえないだろう。


わたしはシャワーを浴び、服を着て廊下に出た。途中にある他のトリートメントルームはふたつともドアが開いていたので覗いてみたが、誰もいなかった。寝台だけは次の客用に綺麗に整えられていた。一体わたしは何時間眠っていたのだろう？

上階のスパ受付に行ってみると、責任者のエバがひとりでラップトップのキーを叩いていた。わたしが隠しドアから入っていくと、彼女はにっこりした。

「あら、ブラックロックさま、泥パックのトリートメントはいかがでしたか？　少し前ウッラがパックを外すためにお部屋へ行ったのですけど、あなたがぐっすり眠っていたので十五分ほどたったらもう一度出直すと言ってました。おひとりで泥を流すのは大変だったのではありませんか？」

「大丈夫」

わたしはきっぱりと言った。

「クロエとティーナはいつ帰ったんですか？」

「二十分くらい前だと思いますが」

ドアを背にしていたわたしはうなずいた。そのドアは、閉まってしまうと大鏡の秘密を知らない人にはそこにドアがあるとは気づかないだろう。

「スパの入り口はこのドアしかないんですか？」

「〝入り口〟の意味にもよりますけど」

質問に戸惑っているようなエバの答え方だった。

「入り口はここしかないんですけど、出口は他にもあります。下の階には非常用出口があり、そこを過ぎるとスタッフ区域につながります。ただそこは出口専用です。出るたびに警報が鳴るのでそこはお勧めできません。なぜそんなことを訊かれるのですか？」

「特に理由はありませんけど」

今朝保安責任者にいろいろ喋ったのが失敗だった。あの過ちを繰り返してはいけない。

「今リンドグレーン・ラウンジではランチがサービスされています。でも慌てる必要はありません。ビュッフェですから、少し遅れても品数は揃っています。ああ、それから、うっかり忘れるところでした」

わたしが出ようとしたところでエバは言った。

「それから、ベン・ハワードさんに会いました？」

「いいえ。なぜですか？」

「ベン・ハワードさんはあなたを捜してこの受付に来られたんです。でも、トリートメントを受けている途中ですから直接話すのは無理だと伝えると、メッセージを泥パック担当のウッラに渡すと言って下のトリートメントルームへ行かれましたけど？　メッセージは受け取りました？　まだでしたら、わたしからウッラに連絡しましょうか？」

「いいえ、自分でベンを捜すから結構です。ほかに誰か下の階に降りて行った人はいませんでした？」

エバは首を横に振った。

「わたしはずっとここにいましたけど。なにかあったんですか、ブラックロックさま？」

その問いには答えずに受付を後にした。わたしは寒くもないのにぶるっと震えた。服の下では鳥肌がたっていた。

リンドグレーン・ラウンジにいたのはコールとクロエだけだった。コールは目の前のテーブルにカメラを置いて座り、反対側の席に着いていたクロエは窓の外に目をやりながら無意識にサラダをつついては口に放りこんでいた。わたしが入っていくと、彼女は顔を上げて隣の椅子を勧めた。

「ヘイ、スパの効果はすごいでしょ？」

「まあね」

椅子を引きながら答えたが、さすがにそれでは無礼かと思い言いなおした。

「確かにトリートメントは良かったわ。でもわたしは一種の閉所恐怖症なの。狭いところが苦手で――」

「へえ、そうなの」

クロエは疑念が晴れたような顔をした。

「それであんなに緊張していたのね？　二日酔いかと思った」

わたしはいたずらっぽく笑った。

「そうね。二日酔いもしていたかも」

クロエが下のスパに降りてきたなんてありえるだろうか？　可能性としてはある。できないことではない。

ティーナはどうだろう？　彼女の肉体の強靭さを考えれば、人を手すりから突き落とすこともできそうだ。昨晩どこにいたのか、とのわたしの問いかけに彼女はむきになってはぐらかした。そこが気になる。

ベンの可能性は？　彼は下のスパまで降りてきている。昨夜のアリバイは彼の言葉を信じるしかない。

わたしは思い切り叫びたかった。あれこれ考えれば考えるほど頭がおかしくなりそうだった。

「あのね、クロエ」

とわたしは気軽な口調で問いかけた。

「昨日の夜はポーカーをしていたんでしょ？」

「わたしはその場にいただけ。ゲームには参加しなかったけど。ラースはカモにされて可哀想だった。でも自業自得かな」

そう言ってクロエは突き離すように笑った。すると、向かいのテーブルのコールが顔を上げ、彼女に向かってにっこりした。わたしは問い掛けをつづけた。

「ちょっと妙な質問かもしれないけど、誰か途中で部屋を出た人はいなかった？」

「正直に言ってなんとも言えない。しばらくしてからわたしはベッドルームへ入ってしまったから。ポーカーっていつまでも見ているゲームじゃないからね。コールはしばらくいたんじゃないかしら。そうよね、コール？」

「三十分くらいかな」

とコールは答えた。

「クロエの言うとおり、見ていて楽しいゲームじゃないからね。確かベンが財布を取りに一度席を離れたけど」

わたしは急に口の中が渇いた。

「どうしてそんなことを気にするんだい？」

「いいの。なんでもないの」

わたしは笑ってごまかし、答えを催促される前に話題を変えた。

「いい写真撮れました？」

「見てみるかい？」

そう言ってコールは無造作にカメラを放ってよこした。わたしはあやうく落としそうになった。

「裏側の〝ＰＬＡＹ〟のボタンを押せば全部見られるさ。気に入ったのがあればプリントしてやるよ」

わたしはショットを順を追って見ていった。旅の初めの頃の空の模様とか、上空を旋回するカモメとか、昨夜のポーカーの様子とか、バルマー男爵がベンのチップを自分のほうにかき集めて笑っているところとか、ラースがベンの5のスリーカードの前に2つのワンペアを置いて悔しがっているところとか――そんな中で「へえーっ」と感じる一枚があった。クロエの顔を間近から撮った写真で、カメラに向かって瞬きをした瞬間が捉えられていた。頬の産毛が光を受けて金色に輝いている。口元に浮かべた笑いが愛らしくて、わたしはついふたりの間になにかあるのかと、やっかみ気分でクロエに目をやると、それがクロエに伝わったのか、彼女は顔を上げた。

「どうしたの？　わたしのを見つけたのね？」

わたしは首を横に振り、慌てて画面を次の一枚に切り替えた。それはわたし自身の写真だった。昨日の夜コールに突然シャッターを切られて、慌ててコーヒーをこぼしたあの一枚だった。びっくりした目の表情はとてもいただけるものではなかった。わたしは引きつづきボタンを押した。他のものは船に関するものが多かった。デッキの上で猛禽類のような鋭い目でカメラを見つめるティーナの写真もあった。ベンが大きなバックパックを背負ってタラップを上ってくるショットを見て、コールの巨大なトランクを思い出した。あれほど大きな入れ物の中に何を詰め込んできたのだろう？　撮影機材だと言っていたが、今まで使ったのはこの小さなカメラ一台ではないか。船関連のところは飛ばしながら見ているうちに写真は社交シーンに移った。カメラをコールに返そうと思ったちょうどそのとき、わたしの目は社交シーンの一枚に釘付けになった。わたしは胸が苦しくなり、体が凍ったように動かなくなった。男がカナッペを食べている写真だった。

「誰が写っているの?」

わたしの肩越しに画面を覗いていたクロエが声を上げた。彼女はさらに言った。

「待って、後ろに写っているのはアレクサンダーじゃない? アーチャーに話しかけてるところだわ」

クロエの言うとおりだったが、わたしが見ていたのはアレクサンダーでもアーチャーでもなかった。カナッペのトレーを抱えて立つウエイトレスの顔だった。顔は斜めから撮られていて、髪留めから外れた黒髪が頬の一部を隠している。しかしわたしはほぼ確信できた——ほぼ完全に確信できた——彼女こそ第10客室にいた若い女性だと。

# 第18章　出向く勇気

わたしは震える手でカメラをコールに返した。なにか言うべきか迷った。これこそが証拠である。疑問を挟む余地のない完全な証拠だ。シャッターを切ったコールと紀行家のアレクサンダーと冒険旅行家のアーチャーが、わたしが第10客室で会った女性と同じ部屋にいたことを証明するものだ。彼女のことを知っているかどうかこの場でコールに問いただすべきか？　自分の優柔不断さを苦々しく思いながら、コールがカメラをケースにしまうのをわたしは黙って見ていた。

(ファック、ファック――この際なにか言うべきでは)

どうしたら一番良いのかわたしは迷いに迷った。自分が撮った写真の重大さにコール自身が気づいていないことはおおいにあり得る。第一、写真は例の女を狙って撮ったものではない。カメラの焦点が手前の誰かはっきりしない男の上に合っているのだ。もしコール自身がなにか隠しているのなら、わたしが今見たものを自分から申し出るようなことをしたらとんだドジを踏むことになる。彼は否定するだろうし、写真はすぐ消されてしまうだろう。彼は恐らくその女性のことを知らないのだろう。だから、写真も喜んでわたしにくれるだろう。でも、ここで話を持ち出したら、クロエの耳に入るだろうし、どこで誰が聞いているとも限らない。あの写真がマスカラの二の舞いになることだけは絶対に避けなければならない。同じ間違いを繰り返してはいけない。もしコールと話し合うなら、二人しかいないところでやるべきである。写真はいままでコールのカメラの中で無事だったのだから、もうしばらく放っておいても大丈夫だろう。

わたしは立ち上がったが、脚はがくがく震えていた。

「実はお腹がすいてないの」

わたしはクロエに言い訳をした。

「これからベンに会うことになっているし――」

「あっ、そういえば思い出した」

クロエは気軽な口調で始めた。

「ベンはあなたを捜してさっきここに来たわ。彼がスパから出て来たときも会ったんだけど、なにか大切なことをあなたに伝えたいんだって」

「彼、どこに行くのか、言ってました?」

「自分の部屋に戻ってなにかやるんだって言っていたけど」

「ありがとう」

ウェイターのビヨルンが例によって魔女のようにどこからともなく現れた。

「なにかお飲み物でもいかがですか、ブラックロックさま?」

わたしは首を横に振った。

「いいえ、これから人に会う約束を思い出したの。それでなんだけど、サンドイッチをひとつわたしの部屋に届けてくれる?」

「かしこまりました」

ウェイターはうなずき、クロエとコールに頭を下げてからラウンジを出ていった。わたしは急ぎ足で船尾の客室へ向かう廊下を歩いた。角を曲がったところでベンとばったり出会った。というよりは、文字通りぶつかった。わたしはびっくりして一瞬息が止まった。

「ロー！」

と言って彼はわたしの腕をつかんだ。

「きみのことをあっちこっち捜したんだぞ」

「知ってるわ。でも、スパでは何をしてたの？」

「きみを捜しているって聞かなかったのかい？」

わたしは改めて彼の顔を見た。潔白な表情、丸顔に黒ひげと、純情そうな目。彼を信じていいのだろうか？　わたしは本当に分からなくなった。二、三年前ならベンの裏も表も知っていると言えた。彼がわたしのところから去るまでは。だが、今は、自分さえ信じられないのだから、他の誰を信じられる？

「地下のわたしのスパへ来たんでしょ」

わたしはいきなり肝心なところを訊いた。

「なんだって？」

ベンはちょっと混乱した表情を見せながら言った。

「部屋には入っていないさ。きみが泥パックを受けていると聞いたから、そんなところを見られるのは嫌だろうと思ってね。ウッラという担当にコンタクトするように言われたけど、彼女はいなかったので、メモを書いてドアの下にすべりこませておいたけど、メモは見なかった?」

「メモなんて見なかった」

「いや、確かに置いてきたんだけど。それで、一体なにが問題なんだい?」

わたしの胸の中は恐れと不安で爆発しそうだった。ベンが真実を語っているとどうして言いきれる? メモを置いたなんて嘘にしてはばかばかしすぎる。鏡に脅し文句を書いたのが彼だとしたら、メモを残したなんて嘘をつく必要があるだろうか? おそらく彼は本当にメモを残し、それを、パニックになっていたわたしが見過ごしてしまったのだろう。

「別の誰かがメモを残していたわ」

わたしはもうこらえきれなくなって明かした。

「わたしが泥パックを受けている間にシャワー室の鏡にこんなことが書いてあったのよ。〝あれこれ詮索するのはやめろ!〟って」

「なんだって?」

ベンの顔がショックで歪んだ。口は開いたままだった。もしこれが演技なら、彼はいつから名優になったのだ?

「真面目な話か?」

「百パーセント」

「じゃあ、誰かシャワー室に入っていくところを見なかったのか？　それともシャワー室の出入り口は他にもあるのか？」

「いいえ、わたしが寝ているところを通らなければ入れないはず」

そう言ったとき、わたしは妙な恥ずかしさを覚えた。しかし、そんなことを気にしている場合ではないので、あごを上げてきちんと話した。

「わたしは眠りこんでいたからわからなかったの。スパには出入り口がひとつしかなくて、下の階に降りたのはティーナと、クロエと、あなただけだって責任者のエバが言っていたわ」

「それと、スパのスタッフの誰か」

とベンは付け加えた。

「それに、非常用の出口もあるはずだけど」

「でも、非常口を通過したらサイレンが鳴るはず」

「いや、システムに精通していたら手作業で鳴らなくすることもできる。エバがずっと番をしていたわけではないからね」

「それ、どういうこと？」

「僕が上階の受付に戻ったときエバはいなかった。男爵夫人のアンネひとりだけだった。もしエバがずっと受付にいたと言い張るなら、彼女は嘘をついていることになる」

ベンはわたしに向き直った。

「ロー」

彼の手がわたしの肩の上に乗った。それをよけようとしてわたしはよろめき、はずみでデッキに出るガラスのドアを開けることになった。

外は強風だった。冷たさがパンチのように頬を打った。揺れる船の上でバランスをとりながらわたしは手すりを掴んだ。灰色の波は見渡す限り遠くまで続き、陸地のかけらも一隻の船もなく、まるで黒い砂漠のようだった。

ネットも通じない大海原の中でわたしは目を閉じた。助けを求める手段は文字通り皆無だった。

「大丈夫か、ロー?」

肩越しに聞こえたベンの声は風でかき消されそうだった。舷側に当たってはねる海水のしぶきの中でわたしは目を閉じて首を振った。

「ロー?」

「触らないでちょうだい」

わたしは歯をかちかちさせながら言った。そのとき船は大波を受けて激しく上下した。わたしは急に吐き気をもよおし、手すりの外に戻してしまった。吐いても吐いても気分はおさまらず、涙をこぼしながら続けるうちに口の中は酸っぱい味しか残らなくなった。

〈わたしのゲロは舷側の窓に命中したわ！〉

口を袖で拭いながら、わたしは自分の中で悪ふざけをして気を取り直そうとした。

「大丈夫なのか、ロー？」

ベンが後ろから声をかけてきた。わたしは手すりを掴む手に力を込めた。

（優しくしてくれよ、ロー）

そう言われたような気がしてわたしはベンに向き直り、無理にうなずいた。気分は少し良くなっていた。

「わたしは船員にはなれないわね」

「ああ、ロー」

彼は腕を広げてわたしを抱き寄せた。払いのけたい気持ちを抑えてわたしは身をまかせ、彼の腕の中に抱かれた。この船の上でわたしを信頼してくれる人がいるとしたら彼しかいない。

風に乗って煙草の匂いがしてきた。と同時に、こつこつとデッキを歩く音がこちらに向かって近づいてくる。

「オー、ゴッド！」

わたしは背筋をぴんとのばしてベンから離れた。抱き合っているところなど見られたらとんでもない誤解を受ける。

「ティーナだわ。ドアの中に入ったほうがよさそう」

こんなところを彼女に見られたくない。涙の跡を両頬に残して、吐いたゲロを袖に付けたままだなんて！　この船旅でわたしが見せようとしていたプロの記者根性とは似ても似つかない。

「じゃあ、中に入るとするか」

ベンは面白がっていた。ガラスのドアを開け、急いで内側に入った。ティーナが角を曲がって姿を現す直前だった。

風の音がうなるデッキから内側に入ると急に無音になり蒸し暑くなる。やがてティーナが近くにやってきて手すりに寄り掛かった。わたしが今しがたゲロを吐いたところから数センチしか離れていない手すりだ。

「ティーナの打算的なところが嫌いなのね、ベン？」

「それだけじゃない。あの女と一緒に仕事をしてみればわかる。出世第一主義とはああいう生き方を言うんだ。自分の昇進のためなら殺しだってやりかねない女だ。女をいじめる女の敵でもある」

わたしは黙ってベンの話を聞いた。彼の言葉の端々には女性憎悪に近いものがあった。しかし、わたしの上役のローワン編集長もティーナに関しては同じようなことを言っていた。

「そういえばあの脅し文句が鏡に書かれたときティーナも下の階でトリートメントを受けていたっけ。だから今朝わたしは彼女に直接聞いてみたの。〝昨晩は楽しい時を過ごされましたか〟ってね。すると彼女は妙につっかかった答え方をした。〝変な動きをして敵をつくるべきじゃない〟って」

「ああ、その件ね」

と言ってベンは薄ら笑いをした。

「それは、いくら聞いても彼女は白状しないだろう。でも、たまたまだけどおれは知っているんだ。昨日の夜彼女はイケメンのジョセフと一緒にいたんだよ」

「客室乗務員のジョセフ？　わたしをからかっているんじゃないでしょうね？」

「まさか。紀行家のアレクサンダーからの極秘情報なんだけどね。夜明けにジョセフが抜き足差し足でティーナの部屋から出てくるのを見たんだそうだ。そう、裸で」

「嘘でしょ?」

「本当さ」

「いくら客室乗務員でも客の欲望にそこまで応える必要はないと思うけど」

「ジョセフはタイプじゃないな。おれだったら、ウッラだったら頼んでもいいかも」

ベンはジョークのつもりで言ったらしかったが、わたしは笑えなかった。二層下の階の狭いスパルームであったことを思えば笑える状況ではとてもなかった。

とその時、手すりに寄りかかって煙草をふかしていたティーナがこちらを振り向き、わたしとベンが一緒にいるのに気づいた。彼女は煙草を海の中に捨て、わたしにウィンクしてから元来た方向に戻っていった。

それを見て、女性のささやかなアバンチュールをとやかく言って笑う男達がうとましかった。

「では、アレクサンダー本人はどうなの。この件で疑わしくはない?」

わたしは責めるような口調で言った。

「彼の部屋はわたしと同じ船尾の並びにあって、夜中にティーナをスパイなんかしていて、本当は何をしていたのかしら？」

ベンは取り合わなかった。

「アレクサンダーはあの巨体の上に心臓が悪いんだ。彼が階段を上るところを見たことあるかい？　近くで彼の息遣いを聞いてみたらいい。はあはあ言って、まるで蒸気機関車だぞ。誰かに抵抗されたら彼が勝つチャンスなどまったくないと言っていい」

「でも彼はポーカーに参加していなかったんでしょ。だったら、どこにいたのかしら。夜明けにどこかをうろついていたなんて言わないでね」

そう言いながら、彼がコールの撮った写真の中に写っていたのを思い出してぞっとした。

「そのとき女性は泥酔していたか、ドラッグで動けなくなっていたか。おとなしい女性なら担ぎあげるのも楽なのでは」

「もし女性が人事不省なら悲鳴の件はどう解釈すればいいんだい？」

ベンのいじわるな指摘にわたしはついカッとなってしまった。

「あのね！　言っておきますけど、わたしはもううんざりなの。みんながああでもないこうでもないってわたしを責めるけど、わたしはなんでもはっきり答えられるわけじゃないのよ。わかんないことだらけなの。わかった、ベン？」

「わかったよ。きみを責めるつもりはまったくないんだ。ただ、アレクサンダーが……」

とそのとき、廊下の上のほうから声が聞こえた。

「わたしの名前が使われているようだが、なにかいい話なんだろうね？」

ベンとわたしは驚いて振り返った。アレクサンダーはいつからそこにいたのだろう。わたしのコメントは聞かれてしまったのか？　わたしは青ざめた。

「やあ、こんにちは、ベローム」

ベンは澄まし顔で応じた。

「あんたのうわさ話をしていたんだ」

「そうらしいね」

アレクサンダーはわたし達に調子を合わせてきた。ほんの少し動いただけで息切れしてあえいでいる。

「いい噂なんだろうね」

「もちろん」

ベンは調子良く答えた。

「今夜の夕食の話をしていたんだ。あんたは料理や食材に詳しいから、それで――」

わたしは開いた口がふさがらなかった。わたしと別れてからベンがこんなに口から出まかせを言える人間になっていたとは。それとも昔から嘘つきでわたしが気が付かなかったのか。話の流れでわたしが発言する番になった。

「そうね――アレクサンダー、あなたはフグの話をしていたじゃない」

「ああ、フグね。あれは美味しいけど食べるのは命がけだ。なにしろ卵巣や肝臓に猛毒をもっているからだ。それを調理する人は特別な資格が必要なんだ。日本ではフグ専門の料理店がたくさんあって、フグ好きも大勢いるけど、毎年何人も死ぬんだそうだ。それでも食べてみたいかい?」

ベンもわたしも首を横に振った。

「いやいや――おれは遠慮する」

「わたしも――」

「ところで、これから何をするんだい、アレクサンダー?」

ベンが気軽な口調で尋ねた。

「夕食まで三時間くらいあるけど」

「誰にも言わないでくれるか」

とアレクサンダーは前置きしてから、自分の秘密の予定を語ってくれた。

「わたしのこの皮膚の色は実は自然じゃないんだ」

と言って彼は自分の茶色がかった頬を叩いた。

「わたしの顔色がいいとワイフが喜ぶんで。これからスパへ行って少し化粧を直してもらうんだ」

「あなたが結婚していたなんて知らなかった」

わたしは驚いたふりをして問いかけた。アレクサンダーはうなずいて応じた。

「罪滅ぼしも三十八年になる。殺人でも刑期はもっと短いのに」

そう言ってクックッと妙な笑い方をするアレクサンダーにわたしは萎えた。

「じゃあ、スパで楽しい時間を！」

わたしは気持ちのこもらない言葉でアレクサンダーにさよならを言った。彼はにっこりした。

「じゃあ、夕食時にまた会おう」

背を向けて立ち去ろうとするアレクサンダーに、わたしは急に、このチャンスを逃すべきではない、と妙な衝動に突き動かされた。

「ちょっと待って！」

アレクサンダーは振り向いて片方の眉毛を上げた。それを見てわたしの決意はしぼんだが、口から出かかった言葉は止められなかった。

「ちょっと変かもしれないけど、わたし昨日の夜第10客室から妙な物音を聞いたんです。

最後尾の部屋は空室だそうだけど、昨晩は女性が入っていました。ただ、今はその女性の行方がわからないんです——昨日の夜、何か見るか聞くかしませんでした？　水しぶきの音とか——あなたが夜明けまで起きていたとベンに聞いたものですから」

「起きてはいたけど」

　アレクサンダーの答えはそっけなかった。

「わたしは寝付きが悪くてね。年をとるとこうなるんだ。特にベッドが変わったりするとね。だからわたしは夜中の散歩にデッキへ出たんだ。その途中二、三人とすれ違ったかな。そんな中に、あの評判のティーナのところに訪問客があったわけだ。それからもう一人、あのイケメンの写真家コール・レドラー氏もこのあたりをうろついていた。あの人の部屋は船の反対側にあるのになぜこんなところをうろついていたのかわからなかったけど。もしかしたら、あんたのところに来たんじゃないのかね」

「そんなばかな！　ところでそのコール氏は第10客室には入りませんでした？」

「いやあ、そこまでは見ていなかった」

　アレクサンダーは残念そうに言った。

「彼が角を曲がって帰っていくところは見たけど」

「何時頃でした？」

「うーん、四時か四時半頃かな」

わたしはベンと目を交わした。昨日の夜、わたしが目を覚ましたのは三時四分だったから、四時に客室係のジョセフを見たというのは、ティーナは一晩中部屋にいたということを証明するもので、わたしが見た事件には関係なさそうだ。それにしても写真家のコールがなぜ船の反対側をうろついていたのだろう。彼が船に持ち込んだ巨大な荷物のことが思い出される。あれは一体なんだったんだろう？

「他に質問がないならわたしはこのへんで」

アレクサンダーが角を曲がって消えていくと、ベンとわたしは顔を見合わせた。

「わたしたちの話をアレクサンダーに聞かれたかしら」

ベンは肩をすぼめた。

「どうかな。聞かれたとしても、あの男はそんなことを根にもつタイプじゃないと思う」

わたしはベンの意見に同意しかねて答えなかった。むしろアレクサンダーは言われたことを根にもつ男だとの印象が強かった。

「ところで、ロー、これからどうするんだい？　一緒にバルマー男爵のところへ行って話を聞いてもらおうか？」

わたしは首を横に振った。バルマー男爵のところへ行くにしてもベンと一緒に行ったほうがいいのか、ひとりで行くべきかまだ考えが定まっていなかったし、とりあえずは自分の部屋に戻ってお腹の中に何か放りこみたかった。

# 第19章　ジャグジーの仲間

玄関の鍵はかかっていたが、部屋の化粧台の上にオープンサンドイッチのトレーが置かれていた。パンのへりの固まり具合から相当時間がたっているようだった。

朝食以降なにも食べていないのと、途中で戻したりしたから、空腹を満たす必要があって文句は言えなかった。ライブブレッドにエビとゆで卵がのったちょっと固くなったサンドイッチを窓の外の海を眺めながら食べた。盛り上がっては落ちてゆくうねり。海の止むことのない営み。そこにのみ込まれた怪しい事件が、わたしの頭の中で薄れることなく、いよいよ渦を速めていた。

写真家のコールと、紀行家のアレクサンダーと冒険旅行家のアーチャーの三人の男達は問題の女性と同じ部屋にいた。それをあの一枚の写真が証明している。彼女の顔は正面から撮られたわけではなく、ピントも手前の男達に合っている。彼女の顔だちに関する記憶も、半開きのドア越しのやりとりだったので、細かい特徴という点では曖昧だ。しかし、写真を見た瞬間〝この女だ〟と直感した。その衝撃は電気ショックのようにわたしの体全体をしびれさせた——これからはあの写真の確かさにすがるしかない。

アーチャーには少なくともアリバイがある。しかし、そのアリバイの信憑性はベンの証言にかかっている。そのベンは果たして信頼できるのか？　いや、それは怪しい。船の上で信頼できる人間がいるとしたら、それはベンであるべきなのに！

わたしはもう誰も信用できなくなっていた。パンの最後の切れっぱしを飲み込むとナプキンで指を拭い、立ち上がった。足の下では床が上下左右に揺れている。食べている間に霧が部屋に入りこんできて部屋の中が見えにくくなったので照明をつけた。ついでに携帯をチェックしたが、なにも来ていなかった。ジュードがどうして音信不通なのか、そのことは考えないようにした。考えると救いと不安の間で心が乱れる。救いとは、おそらくジュードはわたしに何度も連絡しようとしたが単に圏外で繋がらなかっただけだと思う気持ちで、不安とは、誰かが意図的にわたしが外部と繋がらないようにしたのではという心配である。この心配は考えれば考えるほど怖くなる。

〝ノーベル〟と名の付く第1客室のドアは他の客室同様に白木造りだった。船の最先端にあり、そこから延びる廊下が各部屋につながる位置関係から見ただけでも、そこが特別な部屋だとすぐ分かる。

わたしは丁重にノックした。誰が出てくるか目算はなかった。メイドが出てくるのか、それともバルマー男爵その人がドアを開けてくれるのか、誰が出てきても驚かない心の準備はできていた。

だが、しかし、ドアが開いたときわたしは完全に打ちのめされた。そこに立っていたのは、夢想だにしていなかった男爵夫人のアンネだったからだ。

彼女は今しがたまで泣いていたらしかった。黒い目の周りを赤く泣き腫らし、その外側に暗い隈ができていた。やつれた頬には涙の流れた跡まで残っていた。

練りに練ったセリフを何度もリハーサルしてきたのに、わたしは目をぱちくりさせるしかなかった。言葉の断片が頭の中を駆け抜けていく。どれがどうつながるかちんぷんかんぷんで、まるでセンテンスにならない。

〈大丈夫ですか？　どこかお悪いんですか？　もしわたしにできることがあれば……〉

「はい？」

だから、わたしは、その場で思い付いた言葉は一切口に出さずに飲みこんでしまった。

冷たい口調でわたしを迎えた彼女は絹のローブの端で目を拭ってから顎を上げて言った。

「ご用件は？」

わたしは唾を飲み込んでからこう言うのがやっとだった。

「突然訪問してすみません。午前中のスパでお疲れになったんじゃないですか？」

「いいえ、別に」

そっけない彼女の答え方に、わたしは、彼女の病気を念頭に話したのはまずかったのでは、と思わず唇を噛んだ。

「実はおたくのご主人と話をしたくてお邪魔したんです」

「リチャードに？　彼は今忙しいんじゃないかしら。わたしでよければ伺いますが？」

「それはちょっと……」

わたしの言い方はぎこちなかった。ここでさっさと切り上げて帰るべきか、それとも、できるだけ説明したほうがいいのか。予約もしないでいきなりノックして彼女のプライバシーを邪魔したのも悪かったが、そのまま説明もなしに立ち去るのも同様に悪いような気がした。一番気になるのは彼女の涙だった。この人を悲しみにくれさせておいたほうがいいのか、それとも、慰めの手を差し伸べるべきなのか。もうひとつ気になったのが、その頬のやつれた点と、その上品な顔に落ち着きがまったく感じられないところだった。

見方によれば彼女の生活は鉄壁といえるだろう。あり余るほどの財力に恵まれた女。欲しいものは何でも買える女――最先端の医療も最高のドクターも手配できるだろうに――そんな彼女が生き延びるために戦っている現場をこの目で見るのはわたしにとってもつらい体験になった。わたしは逃げ出したかったが、事情を知っていたから足が地面から離れなかった。

「そうね、悪いけど」

彼女は言った。

「夫は遅くならないとつかまらないでしょう。わたしがリチャードに伝えます。どのようなご用件でしょう?」

「それは……」

わたしは両手を合わせて指をもじもじさせた。何を話せばいいのだろう。この死の影に怯える弱りきった女性にわたしの衝撃的な目撃情報をもたらすなんて間違っている。

「わたしは――彼はインタビューを約束してくれたんです」

夕食後、男爵がわたしに投げかけてくれた言葉を思い出して言った。わたしはそれを半ば本気で受け止めていたのもあった。

「今日の午後この客室に来るように言われたものですから」

「あっ、そう?」

彼女は疑念が晴れた顔を見せた。

「リチャードはきっと忘れているんだわ。彼は今二、三の友達と湯につかりに行ってしまって、夕食時には戻ってくると思います」

そんな時間まで待つつもりはなかったが、わたしはうなずいてこう言った。

「では、奥さまにまたお会いできますね?」

余計なことを言ってしまった自分の言葉にわたしはたじろいだ。夫人はうなずいた。

「会えると思いますよ。わたしは今日は少し体調が良さそうなので、そういうときはできるだけ体を動かすようにしているの」

「治療はまだ受けられているんですか?」

わたしがまた余計なことを尋ねると、夫人は首を横に振った。頭からかぶっていた絹のスカーフがさらさらと音をたてた。

「今は受けていません。化学療法をちょうど終えたところよ。この航海を終えてノルウェーに戻ったら放射線治療を受けることになっていて、その後はその結果待ちというところ」

「良い結果をお祈りしています」

わたしはまたもや自分の言葉にびくっとした。善意で言ったにしろ、これではまるで彼女の生きのびる可能性は運次第ということになるではないか。

「突然お邪魔してすみませんでした」

「気にしなくていいんですよ」

夫人はドアを閉めた。わたしはくるりと向きを変え、気恥ずかしさで顔を火照らせながら廊下を歩いた。


屋外浴場へ行ったことはなかったが、どこにあるかはだいたい知っていた。リンドグレーン・ラウンジよりもさらに上のデッキのスパの横辺りにある。わたしはラウンジを目指して太陽の明かりを思い浮かべながら厚い絨毯の階段を上った。しかし、外に海霧が立ち込めていることを忘れていた。

ドアを開けデッキに出ると灰色の世界がわたしを迎えてくれた。霧に包まれて、舳先も船尾も見えないオーロラ号には妙な閉塞感が漂っていた。外気は海霧で冷え、腕の産毛が霧雨で濡れた。ふらつく脚でドア口の風よけに立って震えていると、長く悲しげな霧笛が「ボーッ」と鳴った。その音を聞きながらわたしは場所を確認した。

霧に包まれた世界ではすべてのものが普段と違って見える。トップデッキへ上がる階段がどこにあるのか見つけるのに何分もかかってしまった。しかし、やがて、わたしの右手、舳先に向かってずっと奥に何かがあるのがわかった。

こんな天候の中でジャグジーを楽しんでいる者がいるとは思えなかったので、男爵夫人が間違ったことを教えたのではと思った。しかし、ラウンジの角にさしかかったとき笑い声が聞こえた。見上げると霧の中に明かりが見えた。この寒さの中で裸でジャグジーに入っている酔狂な人達がいるらしかった。

コートを着てくるべきだった。しかしそのために戻るわけにはいかないので、わたしは両腕で自分の体を抱きしめながらタラップのような階段を笑い声に向かって上がっていった。

デッキを少し行くと、ガラスのスクリーンがあり、それを過ぎると連中がいた——投資家のラースと夫人のクロエ、リチャード・バルマー男爵に、写真家のコール——こんな巨大なジャグジーは初めて見る。直径で三メートルはありそうだ。全員が肩と首だけを外に出し、側面に寄り掛かり気持ち良さそうに湯浴びをしていた。泡立つ湯から濃い湯気が一面に立ちこめていて、誰がどこにいるかよく見えなかった。

「ミス・ブラックロック！」

湯の噴き出す音に混じってリチャード・バルマー男爵の明るい声が響いた。

「気分は回復しましたか？　昨晩はずいぶん落ち込んでいたようだが」

男爵は日焼けした筋肉質の腕を差し出した。腕からは湯気が立っていたが、寒さのため鳥肌もたっていた。わたしは水滴の落ちるその手と握手して、放すやいなや両手で自分の体を抱きしめた。彼の手は温かかったが、外の空気が凍えるほど冷たかった。

「あなたも入ってらっしゃいよ！」

クロエが笑顔で手招きした。

「ありがとう」

わたしは震えているのを隠して首を振った。

「わたしにはちょっと無理です」

「こっちのほうが温かいぞ。本当だ」

バルマー男爵はウィンクしてつづけた。

「熱いジャグジーに冷たいシャワーの組み合わせはサイコー」

男爵は湯の湧き出し口とすぐ隣りのシャワーを指差した。

「体が冷えたらサウナに直行！」

男爵は親指を上げ、ガラスのスクリーンの上手にある木製の小屋を指差した。

「体が熱くなったら水をかぶる。それを心臓がもつ限り繰り返すんだ」

「わたしには無理です」

わたしはぎこちない口調になっていた。

「言うよりは成すが早しだ」

そう言ってコールがとがった切歯を見せて笑った。

「サウナから冷たい水に飛び込む快感はサイコーだぞ。死ぬ程の体験が人間を強くすると言うじゃないか。それだよ」

わたしはさらにへこんだ。

「でも、わたしは遠慮します」

「お好きなように」

クロエは両腕を広げてにっこりした。それから、バスタブの横に置かれたテーブルから凍ったシャンパングラスを取り上げた。

「あのう、実は……」

わたしがバルマー男爵に話しかけるのを皆の好奇な目が見つめた。わたしはそれを無視してつづけた。

「バルマー男爵……」

「リチャードって呼んでくれ」

と男爵は口を挟んでわたしを制した。わたしは口をつぐんでうなずき、頭の中で話すべきことをまとめた。

「リチャード、あなたに直接話したいことがあるんですけど、ここでは適当ではないので、あとであなたの部屋を訪ねてもいいですか？」

「どうして今じゃいけないいんだい？」

男爵は肩をすぼめた。

「わたしがビジネスで学んだのは〝今〟が一番のタイミングだということだ。慎重は臆病に通じるってこと。心配ばかりしていると誰かに先を越されるからね」

「実は……」

と言いかけてわたしは口をつぐんだ。やはり皆の前で話すのは気が引けた。彼が言った〝誰かに先を越されるぞ〟はこの際ありえなかった。

「まあ、なにか一杯飲みたまえ」

男爵はそう言うと、ジャグジーの横のボタンを押した。と、どこからともなく女性が現れた。見ると、わたしに泥パックを施した客室係のウッラだった。

「はい、なんでしょう?」

ウッラはかしこまっていた。

「ミス・ブラックロックにシャンパンを頼む」

「かしこまりました」

ウッラはあっというまに消えた。わたしはため息をついた。他に方法はない。船の航海予定を変更できるのは男爵だけだ。今話さなければもうチャンスはないかもしれない。皆がいてもいいから今話すべきでは。わたしは爪を手のひらにくいこませて口を開いた。

〝あれこれ詮索するのをやめろ〟の脅し文句が頭の中でこだまする中、わたしは自分に命じた。

「バルマー男爵――」

「リチャード」

「リチャード、この船の保安責任者のニールセンから聞いているかもしれませんが。今日彼となにか話しましたか?」

「ニールセン?」

男爵は顔をしかめた。

「保安責任者はなにかあったら船長に話すはずだが、なぜそんなことを訊くのかね?」

「実は——」

話そうとしたとき、ウッラがボトルを入れた氷のバケツを手にすぐそばに現れた。

「あ、ありがとう」

わたしは気のない礼を言った。今は一杯やりたい気分などでは全然なかった。特に保安責任者にあんなことを言われた後だし、昨晩あんなに悪酔いした後だったから、これから話すことはまるでその場にふさわしくない行為のように思えた。

しかし、いま自分が置かれている立場を考慮しないわけにはいかなかった。

わたしはバルマー男爵の招待客であり、ベロシティ誌の代表なのである。ここは、プロ根性を発揮して、船上の人達みなに好印象を持たれたほうがいい。

なのに、これからやろうとすることは、招待客全員に疑いをかけ、男性スタッフ達に非難の矢を放つようなものである。どう考えてもシャンパンをありがたく頂くのが賢明のように思えた。

わたしはグラスを取り、ためらいがちに一口すすった。シャンパンの味は酸っぱく、寒さも手伝ってわたしはぶるっと震えた。

これから話すことはバルマー男爵に対して大変失礼にあたると思いつつも口は止められなかった。

「ちょっと難しいんですが――」

男爵がわたしを制した。

「保安責任者と話したかどうか訊いているんだね？」

「ええ、実は昨晩わたしは保安責任者に電話する必要があって、わたしの部屋の隣の部屋、第10客室から妙な音が聞こえたんです」

わたしはそこまで言って止めた。

わたしの話は、男爵も聞いていたが湯浴びをしていた他の三人も聞いていた。ラースなどは特に熱心に聞いていた。わたしには話すしか選択肢はないのだから、話した結果自分にプラスになるように努力するしかない。わたしは皆の顔を見回し、各々の反応をうかがった。ラースの濡れた唇は、信じられないというようにとがっていた。クロエの緑色の目は単純に好奇心から大きく見開かれていた。コールだけは心配そうな顔をしていた。

「第10客室だって？」

それがなにを意味するのか考えるふうでバルマー男爵は顔をしかめた。

「あそこは空室のはずだが。予約のソルバーグはキャンセルしたんだろ？」

「それで、すぐにベランダに出たんです」

　わたしは間髪入れずに続けながら、再び皆の顔を見回した。

「でも、誰もいなかったんです。ただ、手すりのガラスに血痕が付いていたんです」

「本当かい？」

　ラースは疑念を隠そうともせずおおっぴらに笑った。

「まるでミステリー小説だな」

　彼はわたしの訴えを台無しにするためにわざと茶化しているのだろうか、それとも、いつもあんなふうなのだろうか？

「それで？」

　ラースは皮肉っぽく言った。

「真実は何なのか、解明しないとな」

　わたしはバルマー男爵に顔を向けた。

「わたしが訴えるとすぐ保安責任者がわたしを第10客室に入れてくれたんですけど、中は空っぽでした。その時は血痕も拭いとられていて……」

「うへ！　やっちゃった！」

　コールが奇声を発した。皆はコールを見た。彼はなにか持った手をジャグジーの外に出した。その手から血が床にぽたぽたと滴り落ちていた。

「俺は大丈夫だけど、ごめん、リチャード。うっかりしてシャンパンボトルを倒してしまい、この始末さ」

彼は血のついたガラスの破片を手のひらに載せていた。クロエはため息をつき、目をきつく閉じてこぼした。

「何をやっているのよ！」

バルマー男爵は眼鏡を外すとジャグジーから出た。この寒さの中で裸の体から湯気がもうもうと立っていた。彼はベンチの上に置いてあった白いローブをつかむと、それを羽織り、何も言わずにコールの手から床に落ちる血を見つめ、気を失いそうなクロエに目を移した。それから、外科医が手術室で医療チームに命令を下すような大きな声を発した。

「コール、そのガラスをいい加減放したまえ。ウッラを呼ぶから彼女に片付けてもらおう。ラース、クロエを横にしてやりなさい。彼女はチョークのように真っ青だ。必要なら安定剤を飲ませたらいい。医薬品はエバに頼めば用意してくれる。それからミス・ブラックロック――」

彼はわたしに向き直り、ローブのベルトを締めながら、言葉の重みをはかるかのようにしばらく黙っていた。

「ミス・ブラックロック、レストランへ行って先に席に着いていてくれないか。すぐ合流するから。そしたら、きみが実際に見聞きした件をもう一度話してくれないか」

# 第20章　信じてもらえて

一時間足らずでわたしは、バルマー男爵がどうして現在の地位に就けたのかよく分かった。彼はただわたしの話を聞くだけではなかった。ひとつひとつの証言について詰問し時間を確定させ、わたしがはっきり覚えていない細部まで聞き出そうとした——例えば手すりに残っていた血の跡の形とか、塗りつけられていたのかそれとも飛び散ったようだったのかとか、不明な点があったら、それを推測で埋めて済ますようなことは決してなかった。

わたしを一定の方向に誘導するようなことも細部を押しつけるようなこともなかった。ただ座って濃いブラックコーヒーをすすりながらわたしの話に耳を傾け、疑問に出くわすたびに質問をするだけだった。そのあいだ目はいきいきと輝いていた。

何時に？　どのくらい長く？　それはいつだったか？　音はどのくらい大きかったか？　彼女はどんな顔をしていたか？　などなど質問する時は、彼特有のロンドン下町の訛りは消え、イートン校の伝統的な語り口となり、誤解の余地が少ないビジネス英語に徹していた。

彼は意識を集中させてわたしの話を聞いていた。その間感情の変化は一切顔に出さなかった。

もし誰かが外のデッキをぶらついていて窓からレストランの中を覗いたとしても、わたしがたった今相手をマットに沈める様な強烈なパンチを放ったところだとはまったく気付かなかっただろう。

処女航海中の豪華客船内で殺人事件があり、犯人がまだ船上にのうのうとしているというのだ。こんなスキャンダルが世間に知れたら、社運を賭けた観光事業が出鼻で頓挫してしまうだろう。バルマー男爵の反応を見ようとわたしは彼の顔を注意深く観察した。しかしわたしを責めたり非難したりするようなそぶりはまったく見えなかった。

わたしたちは二人でクロスワード遊びをしているようなものだった――言葉の次に来る推理――その中でわたしはバルマー男爵の真面目な態度に感銘を受けないわけにはいかなかった。保安責任者の人を疑ってばかりいる態度には腹が立ったが、少なくとも、バルマー男爵の反応は人間的だった。

この冷静さこそが彼を何千人も雇用し何百万ポンドの投資をする地位に押し上げたのだ、とわたしには思えた。

わたしのこの訴えに対する、前から後ろから横からの検討がようやく終わり、わたしにももはや持ち出す材料がなにもなくなった。バルマー男爵は額にしわを寄せ、座ったままうつむき加減で腕のロレックスに目を落とすと、しゃべりだした。

「どうもありがとう、ミス・ブラックロック。これで材料は出尽くしたんじゃないかな。レストランのスタッフ達がテーブルを並べ替えたがっているようだから、われわれも席を立たなければ。もうじき夕食だからね。今回の件は、きみにとっては不快極まりない経験でしたね。お許しいただけるなら、この件を保安責任者のニールセンと船長のラーセンを交えて話し合い、何かふさわしいことができるよう検討したい。そして、明日の朝一番で再び会ってふたりだけで話し合いましょう。まあ、いろいろあったけど、これからすぐ始まる夕食とその後のエンターテインメントを楽しめるよう願っています」

「これからどういうことになるんですか?」

　わたしは次のステップが本当に心配だったので男爵に催促した。

「船は今トロンヘイムに向かっていると思うんですが、もっと近くの港に立ち寄ってできるだけ早く警察に訴えたほうがよくありません?」

「それは可能です。トロンヘイムより近い港はあります。ええ」

　そう言いながらバルマー男爵は立ち上がった。

「しかしながらトロンヘイムには明日朝早くには着いてしまうから、そこに向かうのが一番早い解決策です。というのは、もし夜中にどこかの港に着いたとしても、開いている警察署が見つかるチャンスは極めて小さいでしょう。どこに向かうのが一番いいのかは船長の意見を聞かなければならないし、さらに問題なのは、事件が英国の領海または公海上で発生したのであれば、捜査権がどこに帰属するかが不明確になる。おそらくノルウェー警察は尻ごみをするでしょうな。分かるでしょう。すべては事件の発生地点に関わってくることを」

「そうだとしても、もし公海上で起きたとしたら」

「この船の船籍はケイマン諸島になっていてね、それが事態にどう関わってくるか、これも船長の判断を仰がなければならない」

わたしはなにか重たいものがどすんと胃に降りてきた。以前なにかで、バハマ船籍で起きた重大事件の顚末を読んだことがある。その記事によると、バハマ諸島から捜査員が一人だけ派遣され、おざなりな調査をして、結果を早々に本国に報告して終わり、ということだった。行方不明者の名前もはっきり分かっていた事件だったが、それにしてこれである。ましてや被害女性が生存した証拠すらなくなってしまった今回のわたしの訴えなどどう扱われるか推して知るべしである。

それでも、バルマー男爵に話して良かったとわたしは感じている。少なくとも彼はわたしの訴えを真面目に受け止めてくれた。その点保安責任者とは違っていた。

男爵は手を差し伸べ、その射すくめるような青い目がわたしの目と合うとにっこり笑った。顔の片側だけで笑っているような左右非対称の笑いだった。それがいかにも彼らしくて妙に同情したくなるような仕草だった。

「もうひとつ話しておいたほうがいいことがあります」

帰り際わたしは唐突に話し出した。バルマー男爵の眉が上にあがり、握手した手はだらりと下に落ちた。

「なんですか、それは?」

「実はわたしは――」

それを言うのは嫌だったが、どうせ保安責任者から聞くことになるだろう。だったらわたしの口から話しておいたほうがいいのでは。

「わたしはあの夜、事件が起きる前ですけど、かなり飲んでいました。それと、わたしは抗うつ剤を常用しています。二十五歳のときから続けています。それに、神経衰弱になったこともあります」

バルマー男爵の眉はさらに上に張り付いた。

「するときみは、うちの保安責任者がきみを信用しなかったのは、きみが抗うつ剤を長期間服用していたからだと言いたいんだね」

バルマー男爵のぶしつけな言い方にめげながらもわたしはうなずいた。

「直接そう言われたわけではありませんが、まあそういう意味です。それとわたしが思うには――」

なにも言わずに無表情にこちらを見つめるバルマー男爵の前でわたしは保安責任者を弁護するようなことまで語り出した。

「この船旅に参加する前に、実はわたし強盗に入られたんです。男が一人、わたしのフラットに侵入してきて。保安責任者はその件を知って、それをわたしの作り話じゃないかと考えたらしく……それでわたしが過剰反応したのではとそれらしいことを言っていました」

「わたしの船のスタッフの一員がきみに不快な思いをさせたのは謝ります」

バルマー男爵はそう言い、万力のような強さでわたしの手を握った。

「わたしを信じてください、ミス・ブラックロック。この件を最重要課題として扱い解決に向けて誠心誠意努力します」

「ありがとう」

とわたしは答えたが、この短い一言でわたしの感謝の気持ちを表すことはとうていできない。


いろいろあってぐったり疲れ、チカチカする目をこすりながら自分の部屋へ戻る途中に携帯を取り出し時間を確認すると、五時近くになっていた。時の経つのがなんと早いこと！ついでにEメールをチェックしてみたら、外部からの接続はなかった。わたしの中に不安が広がった。圏外にしては今回はちょっと長すぎないか。この件もバルマー男爵に話せば良かったが、彼はついたての陰の隠れドアから消えてしまった。おそらく船長のもとへ向かったのだろう。

ジュードはEメールを送ってくれたのかも。電話も掛けていたかも。それとも、まだわたしを無視しつづけているのだろうか？　わたしの背中を撫でる彼の手が目頭に浮かぶ。

するとき彼とのラブシーンが次から次へと脳裏をかすめていく。彼の胸にうずめたわたしの顔。頰に当たる温かいTシャツの感触。記憶の重さに耐えかねてわたしはよろめいた。

少なくとも明日はトロンヘイムに着く。そしたら誰にも邪魔させずにインターネットに接続しよう。

「ローー!」

後ろから呼ばれた。振り返ってみると、ベンが狭い廊下をこちらへ歩いてくるのが見えた。ベンは決して大男ではないのに、廊下いっぱい埋めているように見えた。まるで不思議の国のアリスの世界に迷いこんだような雰囲気だった。廊下はなおも狭まり、ベンは近づくにつれどんどん大きくなるように見えた。

「ベン!」

わたしは喜びを全面に出して答えた。

「どう、うまくいった?」

ベンはわたしと肩を並べてわたしの部屋のほうに向かって歩きだした。

「バルマー男爵には会えたんだろ?」

「ええ——うまくいったと思う。彼はわたしの話を信じてくれたみたい」

「それは良かった。それで、彼は寄港地を変えてくれるのかい?」

「さあ、それはどうかな。いま寄港地を変更しても何も変わらない。むしろ、予定通りトロンヘイムにできるだけ早く着くようにしたほうがいいのでは、と彼は言っていたけど」

部屋の前に着いたのでわたしはポケットからカードキーを取り出した。

「今夜の夕食はまたあの八品コースじゃないといいんだけど」

わたしは疲れた声で言い、ドアを開けた。

「明日トロンヘイムに着いたら警察にちゃんと報告できるようよく眠っておかなきゃ」

「きみの目標はまだトロンヘイム警察なんだ」

ベンが手をついてドア枠に寄り掛かっていたため、わたしはひとりで部屋に入ってドアを閉めるわけにはいかなかった。でも、それは、彼が計算してやっていたわけではなさそうだった。

「そうよ。船がドックに着き次第警察に向かうわ」

「船がどこに着くかは船長の判断に委ねられるんじゃないか」

「たぶん。でも、そのことでバルマー男爵はいま船長と話し合っているはず。それはそれとして、わたしとしては、この訴えを公式の記録に残してもらいたいの。誰か船のしかるべき責任者にね。もしわたしの話が公式に記録されたら、今みたいにひとりで心配しないで済みそう」

「当然だ」

ベンは軽い口調で言った。

「明日はなにがどうなろうと、きみは白紙状態で警察に臨めばいいんだ。事実をありのままに話してね。嘘をつく必要はないんだから」

ベンはドア枠から手を離し、一歩下がった。

「必要なときはいつでも連絡してくれ。おれがどこにいるかは知っているだろ?」

「ええ」

わたしがお義理笑いをしながらドアを閉めようとした時、ベンは再びドア枠を掴んだ。

「コールのこと聞いた?」

「手の怪我のこと?」

忘れていたシーンが蘇った。コールの手から滴る鮮血がデッキの床を真っ赤に染めていた。クロエの青ざめた顔!

「可哀そうに、彼は縫うしかないんでしょ」

「さあ、どうなのかな。そのことじゃないんだ。実はあのとき彼はご丁寧にカメラまで湯の中に落としてしまったんだ。湯船のそばに置いておいた失敗を泣き出しそうな顔で後悔していた。泣きっ面に蜂とはこういうことだね」

「冗談でしょ！」

「いや、冗談なんかじゃない。レンズは大丈夫だけど、本体とＳＤカードは使い物にならなくなったって」

わたしを取り巻く世界がぐらっと動いた、と同時に、部屋じゅうのありとあらゆるものが上下左右に重なり合った。そして、あの女性が写っていた写真の画像が痛いほどはっきりと頭の中に蘇った――永久に失われたかもしれない証拠品が。

「ヘイ」

ベンは笑っていた。

「そんな顔しなくていいんだよ。カメラは保険に入っているから。彼に物的損害はないさ。写した写真は残念だけど。ランチの時に見たけど、昨日の夜写したものできみの可愛い表情の写真もあったぞ」

彼は一歩近づき、指でわたしの顎をちょっと上げた。

「大丈夫か？」

「大丈夫」

わたしは彼の手から顔をよけ、無理に笑顔を作った。

「わたし――船旅はもう二度とごめんだわ。わたしに向いていない――海も――閉じこめられたままの住まいも。ああ、早くトロンヘイムに着きたい！」

心臓がどきどきしてきた。ベンには顔をドアから引っ込めて早く立ち去ってほしかった。わたしは一人で考えたかった。これからどうするのが一番良いかを。

「いいかしら」

まだドア枠に寄り掛かっているベンの手を指して促した。彼は軽く笑い、背筋を伸ばした。

「ごめん、余計なおしゃべりをしちゃって。夕食のためのドレスアップをしたいんだね」

「そうよ」

答えるわたしの声は調子が外れていた。ベンはすまなさそうに笑い、ドアを閉めた。

わたしはドアロックを掛けると、壁を背にしてしりもちをつき、両膝を抱えてそこに顔をうずめた。まぶたの内側にくっきりと映像が蘇った。ジャグジーの中のクロエがシャンパンに手を伸ばすと、その手がそこに置いてあったコールのカメラを湯の中に落としてしまう。

しかし、映像は違ったシーンも映しだした。カメラを湯の中に落としたのはクロエの過ちでも誰の過ちでもなかった。第一カメラは湯船から離れたデッキの上の安全な場所に置いてあったのだから。それをあの怪我の騒ぎの中で誰かがカメラを取り上げて湯に沈めるシーンだった。誰がやったのか、わたしには知る由もなかった。わたしたちが去った後でもできた行為だ。船のスタッフの誰か、それとも乗船客の誰か——もしかしたらコール自身が。

部屋の中が急に息苦しくなった。外に出なければ、とわたしは立ち上がり、ベランダへ向かった。

ベランダに出てみると、霧はいぜんとして濃く、わたしは冷たい空気を胸いっぱいに吸いこんだ。肺に入った新鮮な空気が、ぼうっとしているわたしを激しく揺すってくれた。考えなくては！　ジグソーパズルのパーツを目の前に積んで、これから内容を繋ぎ合わせてゆけばいいんだ。よくよく考えればできるはずだ。ああ、頭がこんなに混乱していなければ考えられるのに！　なにか思い出さないか、最初の夜のようにベランダの手すりに寄り掛かってみた——隣のベランダのドアがゆっくりと閉まる音。大きな水しぶきの音。静けさのなかのショック。ガラスに残っていた血の跡。

わたしははっきりと完全に確信できた。あれは、妄想などでは絶対にない、と。全部が一連のできごとで、わたしが想像ででっちあげたものなどひとつもない。

マスカラも、血の跡も、第10客室の女性の顔も、すべては現実だった。なかでも決定的なのはあの女性の存在だ。わたしの空想などではありえない。わたしにマスカラをくれたあの女性のためにもこの件をうやむやにはできない。彼女の立場になって考えてみればその無念さが痛いほど分かる。どんなに悔しいだろう――夜中に目を覚ますと侵入者がいる。何か恐ろしいことが起きようとしている。女性ひとりで自分を守るすべはなにもない――。

九月の夜、外の空気はどんどん冷たくなる。どれだけ北へ来たのだろう。北極圏に入ったのでは。わたしはガタガタと震えていた。ポケットから携帯を取り出すと、再度受信歴をチェックした。背伸びして携帯をできる限り上に掲げてみたが、シグナルに変化はなかった。

それでも明日は、明日こそトロンヘイムに着く。そしたら、なにがどうあろうと、なにが起きようと、船を降りて一番近い警察署へ直行するんだ。

# 第21章 気概

戦いに臨む先住民の戦士が顔に色を塗りたくるように、わたしは夕食にそなえて厚化粧をした。これでもかと化粧を重ねた。この異常事態を黙って乗り切るためのプロフェッショナルな装いだった。

わたしのある部分は、いや大部分は、布団にくるまってこの難局をやり過ごしたかった。殺人犯を知っているかもしれないグループと世間話をして情報を引き出すとか、ウエイトレスに化けた殺人犯がサービスする料理を食することになるわけだが、こんなことは怖すぎてとても現実とは思えない。

わたしの別の一面、頑固な一面が、どんなに苦しくても降参することを拒んだ。クロエに借りたマスカラをつけながらわたしはバスルームの鏡に映る自分の顔に問いかけた。若かりし頃の怒りと理想はまだ生きているのかと。

十五年前、大学のジャーナリズムコースに進んだ当時の怒りと正義感が思い出される。巨悪をあばき世界を変えるジャーナリストになるのが夢だったあの頃。ところが、日々の支払いに追われて、旅行雑誌ベロシティ誌の記者という理想とはほど遠い職に収まってしまったわたし。しかも、その地位に満足してしまい、上役のローアン編集長のように自分の雑誌を発行するのを夢みながら、ベロシティ誌の下請けのような仕事をほいほいと引き受けている。のみならず、そんな現実を恥ずかしいとも思わなくなっている。

しかし、いまこそそんな現実から脱して本来のジャーナリスト精神を発揮すべきときではないか。勇気をもって悪事を暴き世の中に正義をもたらさなかったら、どの面さげて鏡の中の自分を見ることができる?

敬愛するジャーナリスト達に思いを馳せた。世界の激戦地から文字通り命を懸けてリポートする者。腐敗政権を告発し情報源を明かさなかったため投獄された者。みな真実を明かすために命を懸けている。マーサ・ゲルホーンが〝詮索するのはやめろ〟の脅し文句に屈するなんて想像できない。ケイト・アディが外で起きることを恐れてホテルの一室に隠れているなんて考えられない。鏡に書かれていた〝詮索するのはやめろ〟のひと言が記憶の中でこだまする。

化粧をほぼ終え、仕上げのリップグロスをひと塗りすると、わたしは鏡に向かって息を吐き、曇ったガラスの表面にはっきりと書いた。

「脅しになんて負けないぞ！」

しかしそれで終わりというわけではなかった。バスルームから出てドアを閉め、イブニングシューズをはくと、わたしの中の自己中な弱虫がささやいた。

〈夕食会は安全よ。大勢の目撃者がいるところで襲うバカはいないから〉

ガウンの埃を払っていたときだった。誰かがドアをノックした。

「どなたですか？」

「お部屋係のカーラです、ミス・ブラックロックさま」

客室乗務員のカーラがいつものびっくりした表情とは違い、にこにこして立っていた。

「こんばんは、ブラックロックさま。あと十分で夕食会が始まります。飲み物はすでにサービス中です。ご用意ができたらラウンジの方へどうぞ」

「ありがとう」

と言ってからわたしは、帰ろうとする客室係を引きとめた。

「あの、ちょっと、カーラ！」

「はい、なにか？」

振り向いて眉を上げるカーラの丸顔には警戒心が漂っていた。

「なにかお手伝いすることでも？」

「ちょっと気になる事があるの……」

どう話したらいいか、わたしは一瞬考えた。

「今日下のスタッフ広間であなたと話したとき――もしかしたら――あなたは、わたしに話したいことがもっとあったんじゃないかって、そんな気がしたの。責任者のミス・リッドマンの前では話せないようなことが――明日はトロンヘイムで下船したら警察へ直行して、見たことのすべてを話すことにしているから、なにかあるのなら、いま話してくれたら一番いいんだけど。情報源は絶対に明かさないから大丈夫よ」

わたしは頭の中で再びマーサ・ゲルホーンとケイト・アディの横顔を思い浮かべた。

「わたしもジャーナリストの端くれですから。知ってるでしょ。わたしたちは情報源を明かさないのが使命の一部だって」

カーラはなにも答えずに人差し指と中指をからめた。彼女の青い目が濡れたように見えた瞬間を捉えてわたしは催促した。

「さあ、カーラ」

しかし次の瞬間、彼女はまばたきをしてそれを消した。それから「あなたは……」と言ったきり、独り言を小声で呟いただけだった。

「大丈夫よ。約束する。誰にも知られないから。それとも、あなた、誰かのことを怖がっている？」

「そういうことじゃないんです」

カーラは惨めさを滲ませて話した。

「あなたがお気の毒で悲しいんです。同僚のヨハンはあなたが事件をでっちあげているなんて言っていました。被害妄想狂で自分を目立たせるために殺人事件があったなんてでっちあげを言うんだって。わたしはヨハンの話なんて信じないし、あなたはいい人で本当のことを言っているんだと思っています。けど、ブラックロックさま、わたしたちにはここの仕事が必要なんです。この船でなにか変なことがあったって警察に話したら、誰もこの船に乗らなくなってしまいます。他の仕事を見つけるのは大変なんです。わたしには幼い子供もいるし、老いた母もいます。仕送りするお金が必要なんです。それで、もし誰かが空いてる部屋を誰かに使わせたとしても、その誰かが殺されたとは限りません！」

言い終えると、彼女はくるっと背を向けて立ち去ろうとした。

「ちょっと！」

わたしは手を伸ばして彼女の腕を掴んだ。

「どういうこと？　誰かが空いてる部屋を知らない女性に使わせていたと言いたいの？」

「わたしはなにも言っていません」

カーラはわたしの手を払いのけた。思わぬ力強さだった。

「お願いです。ブラックロックさま。なにも起きてないことでトラブルを起こすのは止めてください」

そう言い終えるなり、カーラは廊下を駆け戻り、スタッフ専用ドアの番号キーを打ち込んでいなくなった。

ラウンジへ向かう途中わたしはカーラとの会話を頭の中で繰り返した。彼女は確かになにか言いたがっていた。誰かが第10客室にいるのを見たのだろうか？　それとも、いたのを見たのではなく疑っているだけなのか？　それか、わたしに対する同情心と、わたしの言っていることが事実なら、これから起きることへの恐怖心で自分を失くしてしまっているのか。

ラウンジの前まで来たとき、わたしはこっそりと携帯をかざしてみた。どうせだめだろうと思いつつも、陸地に近づいたのでシグナルが表れないかやってみたのだが、やはりだめだった。やむなく携帯をイブニングバッグの中へ放りこんだ、とそのとき、客室乗務員長のカミラ・リッドマンが目の前に現れた。

「わたしがやってあげましょうか？」

カミラはわたしのバッグをあごで示した。わたしは首を横に振った。

「いいえ、結構。わたしの携帯は繋がると呼び出し音が鳴るようにセットしてあるんです。シグナルが来たらすぐ対応できるようにしておきたいので」

「わかりました。ではシャンパンはいかがですか？」

カミラは入り口に置かれたテーブルの上のトレーを指差した。わたしはうなずき、グラスを手にした。明日のために頭が切れるようにしておかなければとわかっていたが、グラス一杯くらいなら空元気を出すためにもいいのではと思った。

「お知らせしたい件がありますの。ブラックロックさま」

カミラ・リッドマンはシャンパンを注ぎながら言った。

「オーロラ見物についての今夜の話し合いは中止になったそうです」

わたしはボーッとして彼女を見ていた。そんな予定があったとは知らなかった。カミラ・リッドマンはわたしの反応を見ながらつづけた。

「バルマー男爵自身がコール・レドラー氏の写真を使って解説するはずでしたけど、男爵は急用ができたとかで、またレドラー氏は手を怪我したため、予定は、一行がトロンヘイムから戻ってから再度組み直されることになったそうです」

わたしはうなずき、誰が欠席しているのか、ラウンジ内を見回した。

カミラが言っていたように、バルマー男爵も写真家のコールもいなかった。クロエの姿もなかった。夫のラースに訊いてみると、妻のクロエは気分が悪いので自室で寝ているとのことだった。

しかし男爵夫人のアンネは出席していた。が、顔色が悪く、動作も弱々しかった。グラスを口元へ持っていったとき、ローブがはだけて首についている紫色のあざがはっきり見えた。彼女は一度わたしを見たが、すぐ目をそらしてしまい、その後はひとり笑いをしながら話し相手に語っていた。

「ひどいでしょ。シャワー室でつまずいたの。最近は傷がつきやすくて。見かけほど悪くはないんだけど、化学療法の副作用なんですって。もういい加減いやになってしまう」

夕食の席に着くとき、ベンが自分の隣の席を示してわたしを呼んでいたが、わたしは見ないふりをして一番近くの席に着いた。英国投資家のオーエン・ホワイトの隣だった。彼は向こう隣のティーナに経営する投資会社と自分の役割について長話をしていた。

わたしは聞くとはなしにふたりの話を聞いていた。彼は話題を変え、他人に聞かれないように急に声をひそめた。

「正直に言ってノーだ……」

オーエン・ホワイトは内緒話をつづけた。

「今度の仕込みが持ちこたえるかどうかは百パーセントの確信がもてない――投資市場としてはニッチだからね。男爵としては他に投資先がいくらでもあると思うんだ。資金はふんだんにあるんだし、アンネの資産も使えるだろうから。彼にはいい顧問が必要だな。その点ソルバーグが来られないのは残念だ。ここは彼のお得意領域だからね」

ティーナは逆らわずにうなずき、ふたりの会話は別の話題に移った。ふたりに共通する休日計画とか、目の前に配られてきた緑色のゼリーの正体はなにか、といった他愛もない雑談だった。

冒険旅行家のアーチャーは向かいのベンになにか話しかけて大笑いしていた。同じテーブルのアンネは投資家のラースと話していた。彼女の顔に、午後早くわたしが目撃した涙の跡はなかった。

「我らの女主人について考えると」

テーブルの向こうから低い声が聞こえた。顔を上げて見ると、アレクサンダーがグラスをすすりながら説いていた。

「彼女は大いなる謎だね。弱々しく見えるけど、バルマー王権を支える金持ちだって皆が言っている。絹の手袋をはめたこぶしといったところだな。なにしろ親から受け継いだ資産が天文学的だからな」

「彼女をよくご存知なんですか？」

わたしが尋ねると、アレクサンダーは首を横に振った。

「会ったこともないね。夫は人生の半分を飛行機の中で過ごしているのに、彼女のほうはノルウェーからほとんど出たことがないそうだ。わたしには理解できない。ご存知のようにわたしは旅で食っているからね。ノルウェーのようなちっぽけな世界に自分を閉じ込めておくなんて想像もできない。たぶん成長過程に原因があるんだと思う。確か彼女は八歳か九歳のときに両親を飛行機事故で亡くしているはずだ。以来、子供時代はほとんどヨーロッパの寄宿学校に出たり入ったりで過ごしている。だから大人になってから別の道を選びたくなるのも理解できるね」

わたしたちが食事を始めたときドアのほうから物音が聞こえた。見ると写真家のコールが片足を引きずるようにしてテーブルに向かって歩いてくるところだった。

「ミスター・レドラー！」

客室係のひとりが急いで部屋の隅から椅子を持ち出し新たな席を作った。

「ブラックロックさま、少しいいですか？」

言われてわたしはテーブルの上のプレートと、座っていた椅子を少しずらした。すると、客室係はそこにコールのための席を作った。コールは早速どかっと腰をおろした。手に包帯を巻き、完全に酔っぱらっていた。

「いや、おれはシャンパンは飲まない」

フロアを滑るようにやってきた客室係にコールは言った。

「スコッチをもらいたい」

客室係がうなずいて立ち去ると、コールは椅子に反り返り髭面をなでた。

「カメラは残念でした」

わたしがそう言って声を掛けると、コールは顔をしかめた。相当酔っぱらっていた。

「くそ悪夢だった。最悪なのはバックアップを取っておかなかったことだ。おれの責任だ」

「全部だめだったんですか？」

コールは肩をすぼめた。

「さあ、どうかな。多分全部だろう。ロンドンにこういうときの専門家がいて、そいつにやらせれば少しは助かるかもしれない。でも、おれが自分でコンピューターにかけたときは全く反応なしだった」

「本当に悔しいですね」

と言いながらわたしは少し胸がときめいた。もしかしたらこれは良い知らせなのかも。しかし、全部だめでも、わたしには失うものはないんだと思うようにした。

「全部この航海中に撮ったものですか？　別の場所で撮ったらしいものも見ましたけど」

「二、三週間前にマゼランで撮ったものもあるな」

〝マゼラン〟とはロンドン中心街近くにある男性専用の社交クラブで、客としてなら女性も入館することができる。わたしも二度ほどローアン編集長の代わりに出向いたことがある。

「あなたもメンバーなんですか？」

コールは鼻をふんと鳴らした。

「ありえないね。おれのスタイルじゃない。たとえメンバーに迎えられたとしても、それはありそうにもないけど、お断りだ。古くさい。いまどきジーンズをはかせてくれないところなんて！　アレクサンダーはメンバーだけど。バルマー男爵もだ。ハイソな奴か、すげえ金持ちじゃないとメンバーにはなれない。おれはそのどっちでもないからな」

むしろ静かな夕食会の中でコールの声は特に大きく、こちらを振り向く客も何人かいた。アンネは客室係に目で指図していた。「彼にはウィスキーよりも先に食事を差し出しなさい」と。

「では、あなたはそこでなにをしていたんですか？」

彼の声もつられて静まるようわたしは小さな声で話した。

「ハーパー誌に載せる写真を撮るためさ」

料理が運ばれてくると、彼は手当たり次第口の中に放りこみ始めた。きれいに盛り付けされたフランス料理も一口でたいらげる。おそらく味など気にしていないのだろう。

「なにかの売り出しに使うはずだ。なんだか忘れたけど」

コールは自分の手に目を落とした。

「こいつがくそ痛くてね。明日はトロンへイム名物の大聖堂なんてどうでもいいから、おれは医者に行ってよく効く痛み止めを処方してもらう」

食後にわたしたちは隣のラウンジへ移ってコーヒーを飲んだ。

隣に英国人投資家のオーエン・ホワイトが立っていた。彼とわたしは並んで窓の外の霧を眺めていた。彼はわたしに丁寧に会釈したが、話しかけてはこなかった。ローアン編集長ならこの場合どうするだろうとわたしは考えた。彼におべっかを使う？　それとも、彼はパスして、ベロシティ誌に役立つような相手を見つけて話しかける？　例えば冒険旅行家のアーチャーなどどうだろう？

肩越しに振り返るとそのアーチャーがいた。彼はそうとう酔っぱらっていて、客室係のハンニを部屋の隅に追い詰め、逃げられないよう自分の広い肩を利用して両側をブロックしていた。彼女は笑いながらもその目に警戒心を漂わせて、コーヒーポットについて何か言っていたが、明らかにその場から逃げるための口実だった。アーチャーはそれを笑い飛ばし、父親が娘を抱くような仕草で彼女の肩に腕を回した。その様子を見ていたわたしは少し鳥肌が立った。

よく聞こえなかったが、ハンニが何か言い、アーチャーの力強い腕から巧妙に抜け出すことができた。アーチャーは当惑とも怒りともつかない表情をしていたが、やがて諦めたのか、肩をすぼめてからフロアを歩き、ベンを捕まえて話しかけた。

わたしはため息をついてオーエン・ホワイトに向き直った。ため息は、救われたハンニへのほっとした気持ちからか、それとも、出世のためとはいえ嫌な連中と社交しなければならない今の自分の立場への恨みからか。

アーチャーとは対照的にオーエン・ホワイトのなんと無害に見えること。霧の窓から入る光を受ける彼の横顔は善人そのものだ。投資家の彼がベロシティ誌に何か役立つことがあるとは思えないし、航海中の彼は全く目立たない行動をとってきたから、わたしとしては、彼についての印象はとても薄い。もしベロシティ誌の社長が投資分野に進出するときは、彼なら理想的な協力者になってくれるだろう。わたしはもう少し彼を観察することにした。

「あのう――」

わたしはぎこちなく話しかけた。

「わたしたちまだ紹介し合っていませんよね。わたしの名はブラックロック、旅行誌の記者です」

「オーエン・ホワイト」

最小限の応答だったが、逃げている雰囲気はなかった。単に口数の少ない男の印象だった。彼が手を差し伸べてきたので、わたしは左手でおかしな握り方をした。やむを得なかった。なぜなら、左手にはクッキーを持ち、右手はコーヒーカップを持っていたのだから。

「オーロラ号に乗船されたのは何かきっかけがあったのですか、ホワイトさん？」

「わたしは投資家グループで働いていて」

それだけ言って彼は長々とコーヒーを飲んだ。

「多分バルマー男爵は、わたしが他の乗客にオーロラ号への投資を勧めてくれると期待したんじゃないですか」

「でも、あなたがティーナに語ったのは別の理由でしたよね」

盗み聞きしたことを告白するような言い方だったが、わたしはどうしても訊いておきたかった。彼はうなずき、不快な様子は見せなかった。

「まあ、そういうことです。投資は本来の専門ではありません。頼まれていい気になってしまいました。それに、わたしは利に聡い人間ですから、無料で航海できるチャンスは逃がしたくなかったんですよ。ティーナに話した通り、ソルバーグが来てくれたら一番良かったんですけどね」

「第10客室に宿泊するはずだった人ですね？」

オーエン・ホワイトはうなずいた。わたしの疑問はさらに大きくなった。ソルバーグなる男はそもそも何者なのか、わたしには何の知識も印象もない。そして、その人物はなぜ航海直前に不参加を決めたのか、オーエン・ホワイトに訊いてみた。

「ソルバーグ氏をよくご存知なんですか？」

「かなりね。我々は同業者ですから。もっとも、彼はノルウェーをベースに活動し、わたしの本社はロンドンですけど、狭い業界ですから、競争相手を自然に知るようになります。ジャーナリストの世界も同じでは?」

彼はにっこりしてクッキーを頬張った。彼の指摘にわが意を得てわたしは笑みを返した。

「その方は、せっかく予約しておきながらなぜ来なかったんですか?」

オーエン・ホワイトは答えなかったので、質問が少し行きすぎたのかと心配していると、クッキーが喉につかえて話せなかっただけだと分かり、わたしはほっとして話を継続した。

「何か特別な理由でもあったんですか?」

「彼は、家に泥棒に入られてね」

口いっぱいに頬張ったナッツを噛み砕いてから彼は説明した。

「それで、パスポートも盗まれて、まあ、それも来られなかった理由のひとつだと思うけど――そのとき家には奥さんや子供たちがいて――スカンジナビアのビジネスマンは家族を大切にすることで有名だからね。心配になって家族と一緒にいることに決めたらしい」

コーヒータイムが終わり、人だかりが散り散りになった。オーエン・ホワイトはさよならも言わずに黙っていなくなった。反対にラースは大きな声でクロエのことをからかいながらいなくなった。バルマー男爵の姿はどこにもなかった。夫人のアンネの姿も見当たらなかった。

「バーへ行って一杯やらない？」

カップをテーブルに置いたときティーナが誘ってきた。

「アレクサンダーがバーのグランドピアノを弾くんだって」

「わたしは、ちょっと——」

オーエン・ホワイトから聞いたソルバーグが泥棒に入られた話が頭から消えなかった。ただ泥棒に入られただけなのか、それとも何か裏の意味でもあるのだろうか？

「あら！　ベンだわ！」

ティーナが声を上げた。ベンはわたしに気づいて声を掛けてきた。

「やあ、ロー。部屋まで送ろうか？」

「大丈夫」

わたしはベンに背を向けドアまで来たとき、彼はわたしの腕を掴み小さな声で言った。

「ヘイ、ロー、どうしたんだい？」

わたしたちの後ろには笑ったりおしゃべりしたりしながらラウンジを出ようとしている人達が行列を作っていた。

「ここではやめて！　別になんでもないから」

「食事中ずっと変だったぞ。おれの隣に来るように合図したのに、きみはわざと無視したじゃないか。どうしたんだい？」

「なんでもないの」

プレッシャーが頭の前部を押さえ付けて額が痛かった。昨晩中抑えつけてきた怒りが今になって頭をもたげ始めた。

「おれは信じないぞ。何があったのか正直に話してくれ！」

「あなたは嘘つきよ！」

わたしは分別ある非難の言葉が思い付かなくて、囁き声だが怒りを爆発させてしまった。

ベンは一瞬ひるんだ。

「何のことだい。嘘なんかついていないぞ」

「あら、本当!?」

わたしは噛みついた。

「皆がポーカーをしていたときあなたはずっとその場にいたって言っていたわよね」

「いたけど」

ベンは後ろの客達を振り返った。すると、わたしたちを見ていたティーナはそっぽを向いた。ベンの囁きはつづいた。

「おれは部屋から出なかったぞ――いや待てよ――財布を取りにちょっとだけ離れたな。それだけだ。それを嘘と言われても」

「嘘じゃないって言うの？　わたしはクロエから聞いたわ。あなたがポーカーの現場から離れている間に誰かがその場を離れた可能性はあるって」

「ちょっと違うんだ」

　ベンの説明は泣きごとに変わっていた。

「何時に出たのか覚えていないんだけど、おれが財布を取りに行ったのは夕方早くで、きみが問題にしている時間帯じゃ全然なかったんだ」

「だったら、どうして嘘なんてついたの？」

「嘘じゃないんだって。おれは嘘をついているつもりは全くないんだ――」

　わたしはベンの話を最後まで聞かなかった。彼の手を振り払うと、さっさと廊下に出て速足で歩いた。彼はわたしを見送るしかなかった。

　ベンのことを考えながら歩いていたからか、角を曲がったところで誰かとぶつかってしまった。なんと、ぶつかった相手はバルマー男爵夫人のアンネだった。彼女は背中を壁に寄せ身を守るポーズをとった。これからパーティー会場へ戻るところなのか、それとも、自分の客室へ行く途中なのだろうか。顔色は悪く、とても疲れているように見えた。目の周りの隈は今まで見た中で一番黒かった。

「ご、ごめんなさい」

わたしは慌てて謝った。夫人の鎖骨あたりに黒いあざがあることを思い出した。

「どこか痛めませんでした？」

アンネは微笑んだ。口の周りのきれいな肌にしわが寄った。だが、目の表情に変化はなかった。

「大丈夫よ。ただとても疲れていて時々——」

アンネは唾を飲み込み言葉を詰まらせた。カットグラスのようにきれいな彼女の英語も時として崩れる。

「時々何をするにも億劫になって。分かってもらえます？」

「分かります」

わたしは同情を込めて言った。

「これから部屋に戻って寝るので失礼するわ」

アンネに言われてわたしはうなずき、自分の部屋に向かって階段を下った。

部屋のドアの前まで来たとき、ベンの怒ったような声が後ろから聞こえた。

「ロー！　ちょっと待った。あんなにひどい事を言っておいて逃げるなんて卑怯だぞ！」

わたしはそのまま部屋に入りドアを閉めてしまおうかと思ったが、気を取り直して彼と向かい合った。

「ひどいことなんて言ってません。ただあなたの話に反応しただけ」

「おれを疑っているようなことを何度も言っているじゃないか。おれたちは十年来の仲だぞ。それなのに嘘つき呼ばわりされたら、おれがどんな気持ちになるかわかるだろう！」

その声の調子から彼が真に傷ついているのがわかった。でも、わたしは自分に鞭打って彼を責める手を緩めなかった。ふたりが同棲していた当時、こういう言い合いになったときベンが好んで用いた解決策は、まず話題を逸らしておいて、わたしの理不尽さが彼の感情を傷つけているという結論にもっていくことだった。それでわたしは何度も謝らされた。しかし今日はその手には乗るまいと身がまえた。

「あなたの感情を傷つけるようなことは言っていないわ、ただ事実を述べているだけ」

「事実だって？　ばかばかしい！」

「ばかばかしいって？」

わたしは腕を組んだ。

「それはどういう意味？」

「おれが言いたいのは」

彼は熱くなっていた。

「きみは完全に誇大妄想の行動パターンに陥っているぞ。角を曲がるたびにお化けを見ているんだ。おそらく保安責任者の場合も――」

ベンはそれ以上は言わなかった。わたしはイブニングバッグの上から中に入っている固い携帯をぎゅっと握った。

「言いなさいよ。おそらく保安責任者が何よ?」

「なんでもない」

「おそらく保安責任者が言っていることが正しくて、わたしが勝手なことを妄想しているって言いたいんでしょ!」

「そうは言っていない」

「でも、そういう意味でしょ! 違う?」

「ロー、一歩下がって自分を見つめ直して、道理にかなったことを言ってくれないか」

わたしは癇癪を起こしそうになるのを抑えてにっこりした。

「わたしは道理にかなったことを言っているつもりよ。それに、喜んで一歩下がるけど」

そう言うなりわたしはドアを開け、客室の中に入ると同時にドアをぴしゃりと閉めた。

ベンの顔すれすれだった。

「ロー!」

ベンは外で叫び、ドアをどんどんと叩いた。

「ロー!」

わたしは構わずに内鍵を掛けた。ドアを壊さない限り誰も入れない。ベンがそんなことをするはずもない。

「ロー!」

ベンはなおもノックした。

「話だけでもいいから聞かせてくれ。少なくとも明日警察に何を言うのか、それだけでも教えてくれないか」

ベンはわたしの答えを待ってしばらく黙っていた。

「聞こえているのか?」

わたしはベンの呼び掛けを無視してバッグをベッドの上に放り投げ、イブニングドレスを脱ぎ捨てた。それから、バスルームに入り、ドアを閉めるとベンの声が聞こえなくなるよう風呂の栓をひねって湯を入れた。しばらくしてそれを止めると、あたりは無音の世界になり、聞こえるのは換気扇の優しい音だけになった。

〈ああ、よかった。ベンはようやく諦めてくれたらしい〉

携帯がベッドルームに置いてあったので、バスルームから出たとき正確な時間は分からなかった。体が濡れたままでとても眠かった。しかし過去何日間の不安とイライラからくる疲労感とは違う心地良い眠気だった。歯を磨き、髪の毛を乾かし、白いタオル地のローブをはおり、良く眠れそうな気分で、明日警察に話す内容に矛盾がないよう頭の中でリハーサルした。眠かったからか自分でも不思議なほど楽観できた。

(そうだ、警察に報告した後は、バスでも電車でもトロンヘイムにある交通機関を使って空港へ行き、そのまま飛行機に乗ってロンドンへ帰ればいいんだ)

ドアをノックする音を聞いたとき、わたしはびくっとした。ベンがまだ諦めずにやってきたのかと思ったが、声はなかった。

ドアに向かって注意深く歩いた。厚いカーペットのおかげで足音はたたなかった。ドアの覗き穴の蓋を開けて廊下の様子を覗いてみたが、誰もいなかった。少なくとも人間らしい影は確認できなかった。覗き穴のレンズからは廊下の一部しか見えなかったものの、ベンがドアの真下にでも這いつくばっていない限りそこにいるなら見えるはずだった。

ノックは空耳だったのか。わたしはため息をつき、放っておいたイブニングバッグを取り上げた。携帯で時間を確認したかったのと、明日のために目覚ましをセットしたかったからだ。

明日は部屋係のカーラが起こしに来るのをあてにしないで、自分できちんと起きて、できるだけ早く下船したかった。

しかし携帯はバッグの中になかった。バッグを逆さにして振ってみたが、ないものはなかった。ベッドの上を探してみたがやはりなかった。床に落としたのかと思ってあちこち見たが無駄だった。どこかに置き忘れたのかと頭の中を整理して考えた。夕食のテーブルにでも忘れてきたのだろうか？　しかし、バッグから出さなかったのだから、それは有り得なかった。

ベンと会っていたときバッグの中にあるのをこの手で確認したのをはっきり覚えている。それに、イブニングバッグをベッドに放り投げたとき、中に携帯がなかったら、重さで気づくはずだ。もしかしたらバスルームへ持ち込んだかもしれないので、そこも探したが、なかった。わたしはもう必死だった。ベッドの掛け布団を床に落とし、ベッドを押して移動した。と、その時だった。わたしの足が止まった。濡れた足跡がベランダのドアの横のカーペットの上にあった。わたしは全身が固まった。足跡は自分がつけたのだろうか？　バスルームから出たときにつけたのか？　それは有り得ないことはわたし自身が一番よく知っている。バスルームを出るとき足をよく拭いたのを覚えている。それに、ベランダのドアの近くへは行っていない。カーペットの上の濡れた足跡の上に手を触れてみると、靴の跡だと分かった。かかとの形もはっきりしていた。

可能性はひとつしかなかった。わたしは立ち上がりベランダのドアへ急ぎ、外に出てみた。そこで手すりから身を乗り出して誰もいない左隣のベランダに目をやった。わたしのベランダと隣のベランダの間にはプライバシーを保つための曇りガラスの間仕切りがある。垂直で、かなりの高さで、先端が海に突き出ている。

しかし、海に落ちるかもしれない危険を冒す覚悟があるなら乗り越えられない仕切りではない。

わたしはがたがた震えていた。北海の冷たい風に吹かれて、羽織っていたガウンはまるで役に立たなかった。

しかしそこでひとつ実験したいことがあった。わたしの予測が外れていたら、愚かでばかばかしい試みではあるが、わたしは用心深く半開きになったベランダのドアを手前に引いてきちんと閉めた。それから今度は押して開けてみた。ドアは音も無く軽く開いた。今度は部屋側に入り同じことをやってみた。ドアは難なく開いた。これで、たとえ鍵を掛けてもベランダ側からの人の出入りは自由だということが分かった。これは、ベランダに出るのは部屋の住人だけで、住人がベランダに取り残されることがないよう考えられた設計で、それに、実際のところ、手すりの向こうは海だから侵入者など有り得ないとの前提に立った設計だった。

ところが、それが有り得たのだ。もし隣の客室が空室で、そこからベランダづたいに侵入するなら有り得るのだ。侵入者が危険を犯して間仕切りを乗り越える蛮勇と体力があるなら有り得る話である。実はわたしの部屋は安全などではなく、今までもいつ侵入されてもおかしくない状態だった。


部屋に戻ったわたしはジーンズとブーツを履き、着慣れたパーカに身を包み、玄関ドアの鍵が掛かっているのを確かめてからクッションを抱いてソファに座った。

このまま眠るなんてとてもできない相談だった。第10客室には誰が入れたのだろう？乗船スタッフなら誰でも入れるのでは。乗客はどうだろう？ 客室の配列を考えてみた。わたしの客室の右隣は元海兵隊員で冒険旅行家のアーチャーの客室だ。彼に後ろ手を取られたときの痛みが思い出される。左隣は空室の第10客室で、その向こう隣がベン・ハワードの客室だ。わたしの訴えにあからさまな疑念を呈する保安責任者とその肩を持つベン！自分の居場所について嘘をついていたベン！ 彼はコールのカメラに何が写っているのかわたしより早く知っていた。彼の言葉が夢のように思い出される。

〈ランチの時に見たんだ。きみの可愛いショットもね〉

船の上で信用できるとわたしが信じている唯一の人間、ベン！　わたしは携帯について考えてみた。わたしが入浴中に彼がこっそり盗もうとしたのでは。でも、なぜそんなことをしたのか？　理由はある。寄港地トロンヘイムのことがその理由だ。インターネットが使えない間は問題がなかった。電話は全てカミラ・リッドマンを通じてしか繋がらなかったから。だが、陸地が近づくと……

わたしはクッションをなおも強く抱きしめた。トロンヘイムとジュードと警察が頭の中を駆け巡った。

〈夜が明ける前に行動を開始しよう！〉

自称刑事の方のための「犯人はだれ？」掲示板

議論を始める前に規則を良く読んでください。人の生存に不利益なもの、中傷するものは厳に慎むこと。これらに違反するような投稿はすべて削除されます。

九月二十八日、月曜日、十時三分、行方不明の英国人について。

ラム・シャーロック刑事：やあ、みなさん！　このローラ・ブラックロックの事件をフォローしてきた人はいますか？

マープルジェーンマープル刑事：ローラのスペルが違いますが、それを除けばわたしはフォローしてきました。本当に悲劇的でつらい話ですが、決して稀な出来事ではありません。ある記事で読んだんですけど、この数年の間に百六十人もの乗客がクルーズ船内で行方不明になり、そのほとんどが未解決だとのこと。

ラム・シャーロック刑事：わたしも同じ話を聞いたことがある。彼女の元彼も乗船していたって。ネット情報で読んだけど、インタビューで彼はとても心配しているし、彼女は何らかの自分勝手な理由で下船したんだと思うなんて言っていたけど、ちょっと怪しくないですか。統計的には、殺された女性の三人に一人は元夫かパートナーかその類いに殺されているって聞いたことありませんか？

マープルジェーンマープル刑事：殺された女性の三人に一人は元夫かパートナーかその類に殺されているって聞いたことあるかって？　それは、殺された三人に一人ではなくて、謀殺、つまり故意に殺された女性の三人に一人は、というなら聞いたことがある。まあ妥当な数字じゃないかな。ただ、元夫、パートナーにボーイフレンドも加えるべきだと思う。彼女のボーイフレンドはとても心配しているものの、自分はずっと外国にいたと言い張っているがどうもうさん臭い。飛行機に乗ればノルウェーまで一息で到達できるからね。そう思いませんか？

匿名インサイダー：わたしはこの掲示板のレギュラーです。（名前を時々変えるのは名前を知られるのが嫌だからです）
この件でわたしはある事実を知っています。この家族と友達付き合いをしていますから。

ただ、あまり多くを語りたくないんです。自分が誰だか分かってしまうのが嫌だし、一家のプライバシーを尊重したいからです。ただ、これだけは言えます。ローのボーイフレンドのジュードは彼女がいなくなったことについて本当に打ちのめされている。ただわたしは、誰がどうして、何がどうなっているのか、とやかく言うつもりはありません。

マープルジェーンマープル刑事：匿名インサイダーさん、あなたが何者かはっきり言ってくれればあなたの訴えももっと信用されると思う。いずれにせよ、わたしは他人の名誉を棄損するつもりはありません。わたしの発言の中でそのようなものがあったらどこがそうなのか指摘してもらいたい。

匿名インサイダー：マープルジェーンマープル刑事殿、この件であなたと言い合いすることに興味はありません。しかし、わたしは一家のことをよく知る立場にいるんです。ローラはわたしの学友でした。あなたは勘違いして吼えているんです。あなたは知らないんでしょうけど、ローラは長年深刻な問題を抱えていました。ローラは鬱で何年にもわたって投薬を続けていて精神的に――わたしが思うに――不安定だった――そこに終止符を打ったってことじゃないかと――警察が注目しているのはそこのところだと思う。

ラム・シャーロック刑事：どんな自殺方法か考えられますか？

匿名インサイダー：警察がどんな捜査をしたか見極めるのはわたしの立場ではありません。が、言外の意味を読み取ることはできます。ご存知のように警察は殺人事件として扱わないように気を付けています。

ジュード・ルイス：友人からこの議論の場を教えられ、わたしも登録することにしました。匿名インサイダーさんとは異なりわたしの名は本名です。無名くん、きみが誰なのか知らないが、くそくらえだ！　ローラが投薬を続けているのは確かにその通りだ。が、きみの知識のために言っておくが、彼女の投薬は鬱病のためではなく不安神経症のためだ。もしきみが本当に彼女の友人ならそんなことぐらい知っているはずだし、実際に何十万の人が同じ投薬を受けている。それで、彼女が不安定だの自殺願望があるのだのと決めつけるのはくそ迷惑だ。確かにわたしは外国にいた。ロシアで仕事をしていたんだ。それと、確かに女性の水死体が発見された。だが、ローラのものとは認められなかった。だから、現時点でのこの件の警察の扱いは、行方不明者捜索である。だから、きみがどんなに期待しても殺人事件捜査の噂は聞こえてこないわけだ。このくそ議論ショーの主宰者がどこのどいつか知らないが、おれの言いたいことは以上だ。

ミセス・レーザン（主宰者）：ハーイ、皆さん。残念ながらわたしたちはルイスさんの主張に同意します。議論は脇道にそれて不快な憶測に終始しています。従ってこれまでの議論は全て削除します。ただ、ニュースを種に議論は絶やさないでほしいので、皆さん、どうぞご自由に論壇を見つけて参加してください。その際は報道されている事実に基づいて議論されることを願っています。

ヴァランダー刑事：すると、発見された女性の溺死体をノルウェー警察が行方不明の英国人女性と断じている点はどう解釈すればいいのか？

ミセス・レーザン（主宰者）：これで議論を閉会といたします。

# PART SIX

# 第22章　囚われて

囚われの身になってしまったわたし。ここがどこか、どうして捕らわれてしまったのか、はっきり思い出せない。だが、想像はつく。

部屋は狭く、窓もなくて息ぐるしい。わたしは目を固く閉じ、両腕で頭をかかえてベッドに横たわっている。ベッドとは名ばかりで、二段式ベッド用の金属製の台の下段にだけマットレスをのせたお粗末な寝台だ。

不安で体が麻痺している。それに負けるな、とわたしは自分を鼓舞し続けた。恐怖の霧がたちこめる中で、ここに至った真実を何百回となく頭の中で再現している。

ドアをノックする音が聞こえたのが全ての始まりだった。あれは、自分の部屋のソファでくつろぎ、夜明けが迫る中、トロンヘイムへ入港できるのをいまかいまかと待っているときだった。

普通のノックの音だったが、静まりかえった客室の中では銃の発射音ほどに大きくてショッキングだった。事実、わたしはビクッとしてなかば跳び上がり、思わずつかんだクッションがわたしの手から床に落ちた。心臓は毎分一マイルの速さで早鐘を打ちだした。呼吸困難を意識してわたしはゆっくり息を吐き、ゆっくり吸いこんだ。ひと呼吸の秒数もちゃんと数えて予期せぬ発作が起きないようにした。

ノックは再び始まった。荒い叩き方ではなくトントンと軽く叩いてから、しばらく止んで、また思い直したかのように一回だけ今までよりは強く叩いた。最後の〝ゴン〟のひと叩きに触発されて、わたしは足音をたてないようにしながらドアへ急いだ。

明かりがもれて自分の存在が相手にばれないよう、まず、覗き穴を手のひらで覆ってから、瞬時に顔と入れ替えて小さなレンズに目をあてた。誰が来たのか皆目見当がつかなかった。保安責任者のニールセンか、もしかしたら元彼のベンが押し掛けてきたのか？　それとも、バルマー男爵本人がそこにいても驚かなかっただろう。

だがまさか、彼女がそこに立っていようとは一秒たりとも頭をかすめたことはなかった。

彼女だ！

第10客室にいたあの女性だ。船の中をどんなに捜してもいまのいままで見つからなかったあの若い女性が、何事もなかったかのようにドアの前に立っている！　驚きを通り越した驚きだった。

わたしは腹にパンチをくらったかのようにボーッとなって立ち尽くした。彼女は殺されてなんていなかった。保安責任者の言うことが正しくて、わたしの訴えが間違っていた。若い女性はくるっと背を向けると、廊下をスタッフ広場に向かってすたすたと歩き出した。大変だ！　急いで彼女を捉えなければ！　ドアの向こうに消えてしまう前に追いつかなければ！

わたしはボルトのチェーンをかなぐり捨てるようにはずすと、力いっぱいドアを引き開けた。

「ヘーイ！」

わたしは大声で叫んだ。

「ヘーイ！　あなたちょっと待って！　話したいことがあるの！」

若い女性は止まらず、振り返りもしなかった。すでに下の階へ降りるためのドアに辿りつき、番号キーを打ち始めていた。わたしは足を止めて考えるゆとりなどなかった。ここで消えられたらもう最後だ。いま捉えなければ！　その一心で走った。

わたしが廊下を半分ほど来たとき、若い女性はドアの向こう側に消えるところだった。わたしは指を痛めながらも閉まりかけたドアの端を掴むことができた。それをぐいっと引き開け、中の空間に飛び込んだ。中は暗かった。天井の裸電球は切れていた、それとも後から考えてみると、あらかじめ外されていたのだろう。

後ろでドアが閉まってから、わたしは立ち止まり、息を整え、自分の位置を確かめたくて足元を見た。階段の一段目がどこにあるのか確認したかった。

と、そのときだった。髪の毛が後ろから鷲掴みにされ、腕が背中でねじ上げられた。暗闇の中で力強い腕がわたしをぐっと押さえ込んでいた。

恐怖の中であえぎながらもわたしは相手の肌に爪をめり込ませ、空いたほうの手でわたしの髪を掴んでいる誰かの手をのかそうとした。すると、相手の手はさらに力を込めて、今度はわたしの頭を鍵のかかっている金属のドアに叩きつけた。自分の頭の割れる音が聞こえた。それっきりだった。

意識を取り戻した時、わたしは寝台の上に寝かされ、薄い布団を掛けられていた。ひとりきりだった。頭部に負った傷は我慢できないほど痛かった。心臓が鼓動する度にずきんずきんと痛み、天井の照明の放つ薄暗い光ですらチカチカして目を開けていられなかった。反対側の壁にカーテンが掛かっていた。震える手足を使ってマットから滑り降りると、なかば這うように、なかば転ぶようにして向こう側へ行き、そのオレンジ色の薄いカーテンを引いてみた。窓などなかった。クリーム色のプラスチックの壁があるだけだった。

閉所恐怖症のわたしには周囲の壁が自分に迫ってくるように感じられた。息づかいが速くなった。一、吸って、二、吐いて、三、吸って、と数に合わせて呼吸を整えた。

体の奥から嗚咽が始まり、自分の内側から首を絞められるように苦しかった。また始まった。四、吐いて、五、吸って、六、吐いて——わたしは捕らわれてしまった！　ああ、神様！

ああ、神様！

一、吸って、二、吐いて、三、吸って……

壁に手をつきながらよろよろとドアまで行ってみた。試してみるまでもなかった。ドアには鍵がかかっていて、取っ手はびくともしなかった。その意味するところを考えずに別の壁にしつらえられたドアを開けてみた。そこにあったのは単なる備え付けのトイレで、隅の洗面用の流しの中で蜘蛛が一匹死んでいた。

わたしはよろめきながらもう一度玄関ドアへ行き、今度は思い切り激しくドアを揺すってみた。あらん限りの力をこめてやってみても駄目だと分かり、床に這いつくばったときは視界の中で星が踊った。駄目だ！　ドアはびくともしない！　わたしは本当に捕らわれの身となったらしい。

なにかドアをこじあける工具のようなものはないか、わたしは周囲を見回した。しかし、部屋にあるものは、布類以外は、すべてボルトか釘で固定されていた。

それでも、わたしはもう一度ドア開けに挑戦した。考えるとパニックになるので、そのとき頭から振り払ったのは、いま自分が閉じ込められているところはせいぜい二・五平米の極小空間で喫水線のはるか下にあり、計り知れない多量の海水に押しつぶされるのを防いでいるのは、厚さわずか二・五センチの鉄の板だという事実だった。

しかし、ドアがびくともしないのは前と同じだった。違いといえば、強烈な頭痛が戻ってきたこと。ついにはマットレスの上に倒れこみ、カバーの下に潜りこむしかなかった。

船の周囲にかかる水圧のことは考えずに、自分の頭の怪我に注意を向けることにした。痛みは少しも治まらず、今では心臓の鼓動がずしんずしんとこめかみに響くのが分かるほどだ。

ああ、神様！　わたしはなんてばかだったんだろう！　相手が仕掛けた罠に自分から飛び込んでいくなんて。

意識を集中してしっかりしなくては！　高まる恐怖に負けないようにしなくては！　パニックになってはいけない！　狂わないように！　今日は何曜日だろう？　見当もつかない。どれぐらいの時間がたったのか。今までずっと同じ姿勢で眠っていたのか、足腰が固まっている。喉が渇いているものの、カラカラというわけではない。長時間意識を失っていたのなら脱水症状があってもおかしくないはずなのに、それがない。ということは、まだ火曜日のままでは？

だとすると、わたしがトロンヘイム港で下船する予定なのをベンが知っているのだから、彼がわたしを捜してくれるはずだし、わたしの行方が分からないまま船を出港させることはよもやないだろう。

だったら、いま聞こえているエンジン音は何を意味しているのだろう？　船体の揺れ具合から波の上下も感じられる。まだトロンヘイム港へ向かっている途上なのか？　それとも、すでにトロンヘイム港を出たのか、そのどっちかだ！

ああ、神様！　船は再び外洋に向かっている！　そして、船上の皆は、わたしがまだトロンヘイムの町にいると思い込んでいる。もしわたしを捜す人がいたら、まったく見当違いの場所を捜すことになる。

ああ、頭がこんなに痛くなかったら、考えがこんなに混乱していなかったら——四隅の壁が迫ってきませんように。このままだと、すでに棺に入れられているような気分になってしまう。息が自由にできますように。頭がまともに働きますように！

そうだ、パスポートの件がある。トロンヘイムがどのくらい大きな都会か知らないが、下船して町に入るということは、ノルウェーに入国するわけだから、港には入国を管理する機関があるはずだ。ひとりひとりのパスポートをチェックして入国を許可するブースが。それに、オーロラ号としても、寄港に際しては、乗船客を置き去りにして出港したりしないように、係員がタラップに出て乗客の出入りを確認するはずだから、わたしが下船していない記録がどこかに残ることになる。わたしがまだ船の中にいることを誰かが気づくはずだ。

それに頼るしかない。

だが、それも、時間が経つほどに困難になる。こんな暗い中で、小さな裸電球がついたり消えたりしている中で、平静を保ちながら待つなんてこのわたしにできるだろうか。第一この小部屋の空気だってひと呼吸ごとに酸素がなくなるのが感じられる。ああ、神様、あんまりです。

わたしは目を固く閉じ、迫ってくる四方の壁や、閉所恐怖症のことや、薄暗い照明のことを頭から振り払い、薄いカバーを頭からすっぽりかぶり、別のことを意識することにした。

頬の下の薄っぺらでよれよれの枕の感触、自分自身の呼吸音。そんな中で頭に繰り返し浮かぶのは、腰に両手をあてドアの外に佇むあの女性の屈託のない姿だった。それがくるっと背を向けて立ち去るときのタイミングの見事さ！

どうしてあんなことができるのだろう？

いままで船の中のどこに隠れていたのだろう？　もしかしたらこの小部屋に？　しかし顔を上げて部屋の中を見回さなくてもわたしにはすぐ分かる。ここに誰かいた形跡はない、と。カーペットにはひとつのしみもなく、プラスチックの棚にもコーヒーの跡はなく、食品の腐臭も、人の汗や息の名残もない。決定的なのが洗面台の中にあった蜘蛛の死がいだ。はりのある生活を送っていそうな活き活きした女性がそれらしい痕跡を残さずにこの狭い部屋を使っていたなんてありえるだろうか？　彼女がどこに寝泊まりしていたにしろ、ここでないことは確かだ。

ここはまるで墓場だ。わたしの墓場になるなんて考えたくないが、そうなるのかもしれない。

# 第23章 完成しないジグソーパズル

いつの間にか眠っていた。疲れ果てていたから、頭の痛みも、船のエンジン音も睡眠の妨げにはならなかった。なのに、目を覚ましたのは、ドアの取っ手を回すカチッと鳴る小さな音でだった。

慌てて上半身を起こしたから、頭を寝台の角に当ててしまい、わたしはうめき声をあげて再び倒れた。耳には血痕がこびりついていた。頭蓋骨の後ろで耳鳴りがやまなかった。

わたしは横になったまま痛みに耐えられなくて目を閉じた。しばらくして我慢できるようになってから、寝返りをうち、薄暗い照明に目をぱちくりさせた。

床に料理を盛った皿と飲み物を入れたグラスが置いてあった。グラスの中身はジュースらしかった。

そのグラスを手に取り、臭いを嗅いでみた。オレンジジュースらしかったが、とても飲む気にはなれなかった。その代わりに重い足を引きずって付属のトイレのドアを開け、ジュースを手洗いに流した。その後、蛇口をひねって水を入れ、それを飲んだ。水はなまぬるく、古い味がしたが、喉が渇いていたので飲まないわけにはいかなかった。一杯目を飲み干したあと二杯目を注ぎ、今度は少しずつすすりながら寝台に戻った。

頭の痛みが激しかった。鎮痛剤が欲しかった。しかし、頭の痛みより深刻なのは、震えが止まらず、体全体から力が抜けてしまっていることだ。インフルエンザにかかったようだ。空腹が続いているせいかもしれない。最後に食事をしたのはいつだったろう？　血液中に糖分が全く無くなっているからこういう状態なのだろう。

横になったまま、激痛に耐えながら空腹と闘うか、と思う半面、床の皿に盛られている料理の誘惑とも闘わなければならなかった。

腹がグーッと鳴って〝食事〟だと言っている。料理は完全に正常に見える。何かのソースをかけたミートボールに、マッシュポテトと豆、その横にロールパンが添えられている。あれこれなにも考えずにそのまま食べてしまえばいいものを、ジュースをシンクに流したガッツが頭をもたげて理屈をこねる。

〈わたしをこんな水面下の牢屋に閉じ込めた悪人たちが用意した食事を食べるなんて間違いだ！〉

何を入れられているかわかったもんじゃない。殺鼠薬、睡眠薬、猛毒。それを、食べざるを得ない形にして置いてある。

ミートボールの端っこをかじってみたらどうだろう？　しかし、その味を想像しただけで胸糞が悪くなった。それで、ジュース同様全部シンクに流そうと決めた。そのつもりで立ち上がり、皿に手を伸ばそうとした時、あることに気づいた。

〈あいつらはわたしを毒殺する必要なんてないんだ。このまま飢え死にさせればいいんだから〉

わたしは震える脚に体重を掛けて腰を下ろした。そして、論理的に考えるようにした。

〈わたしをここに閉じ込めた連中が誰にしろ、わたしを殺したいと思ったらいつだって殺せるはずだ。方法はいくらでもある。もう一度襲って激しく殴るとか、枕を顔にかぶせるとか、ビニール袋で首を絞める、などなど。だが、それをしなかったということは、わた

しがいると自分達に不都合だったので、とりあえずわたしをここに閉じ込めたのでは〉

だから、わたしを殺すつもりはないのでは、少なくとも今は。

たとえ毒入りでも豆一粒なら死なないのでは。そう思い、わたしはフォークの先で一粒刺してよくよく観察した。粉末が付いている訳でも変色している訳でもなく、ごく普通の豆に見えた。それを思いきって口に入れ、妙な味はしないか、舌の上で転がしてみた。が、変な味はしなかった。毒に関する知識はないが、一瞬で人を殺すような毒なんてそうざらにあるわけはなく、また、それを入手するのもそう簡単ではないはずだ。

おそるおそる口に入れた豆だったが、毒の反応が無かったかわりに、わたしの食欲に火を付けた。

そうなるともう止められなかった。豆を何粒かすくって食べた。初めは慎重だったが、口に入れるスピードがどんどん速くなった。

今度はミートボールをフォークで刺して口に入れてみた。香りも味も完全に正常だった。その味から多量につくられた物の一部だろうと推測出来た。

皿はすぐ空になった。わたしは誰かが下げに来るのを待った。

しかし、いくら待っても誰も来なかった。

時間は伸び縮みする。日も差さず時計も無い所にしばらく居て最初に悟るのはその事である。

頭の傷は相変わらず痛む。だが、手足に力が入らない事の方が心配だ。最初血液中の糖分が足りないためかと思ったが、料理を食べてしまった今まだ体調が悪いのは、やはり食べ物に何か入っていたからか？　いや、違う。しばらくピルを飲んでいないからだ。

月曜の朝保安責任者と会ったすぐ後ポケットに一粒入れたのを覚えているが、化学の力を借りて体調を維持しているなどと思われたくなかったので、あのピルは飲まずに棚の上に戻しておいた。

別に服用をやめるつもりは無かったが、保安責任者に妙な疑いを掛けられてやむなく服用を中断していた。

〈あの保安責任者め！〉

元彼のベンと言い合ったりしてピルの事はすっかり忘れてしまった。それを飲まずにスパに行ったりしたから、ああいうことになってしまった。

その事から考えると、少なくとも四十八時間は抗うつ剤を服用していない事になる。もしかしたら六十時間かもしれない。その事を考えると気分が悪くなる。いや、気分が悪くなるどころか、怖くなる。

わたしが最初にパニック発作に襲われたのはたぶん十三歳の時——十四歳の時だったかもしれない。とにかく、その時わたしはティーンエイジャーだった。あの妙な発作は訳の分からないまま始まり、訳の分からないまま終わった。この事は誰にも言わなかった。精神異常者と思われるのが怖かったからだ。普通の人達は、急に震えだしたり、突然呼吸困難になる事があるなんて知らずに過ごしているのでは。

それでもしばらくは大丈夫だった。高校生標準テストもオッケーだった。評価はAだったのに最終的には、やばい所まで行ってしまった。パニック発作は当初はほんのたまにだったが、次第に回数が増え、やがては日常茶飯事になってしまった。

やむなくわたしはセラピストの助けを借りる事にした。

母さんが電話帳で選んだセラピストで、眼鏡を掛け長い髪をした真面目そうな女性セラピストがいた。彼女の見立てによれば、わたしの過去に何か暗い秘密があり、それを明かしてしまえば、今悩んでいるパニック発作の原因の全てが解き放たれるとのこと。いくらそんな事を言われても、わたしにはそんな類いのものはなかった。効果があるなら、作り話でもしてやろうと思って、暗い過去の秘密を創作していたところ、母がびっくりして、わたしの作り話が完成する前にそのセラピストの所へ行くのをやめた。母さんがなんでびっくりしたかって？　請求書の額を見て腰を抜かしたと言うわけ。その後、拒食症や自傷行為まで、女性達を束ねてヒップホップダンスで精神指導をしている地域活動家の元にも通った。そして、最後に辿り着いたのがバリーという名のセラピストだった。彼の専門は認知行動療法とやらで、息を吸い込んで数え、吐いては数えを繰り返して気分を楽にしていく療法なのである。

耳元でささやくバリーのテノールとはげ頭は、わたしの一生抜けないかもしれないアレルギーになってしまった。

結局どのセラピストも助けにはならなかった。良く言って、どれも中途半端だった。でも、その半端を無駄にせず一つにまとめてわたしは大学に入り、パニックも治まった。そして、大学生活は無難に過ごすことが出来た。新たな資格を得て卒業することも出来、世界と向き合えるようになった。その頃ベンと知り合いベロシティ誌に就職して、ロンドンに自分のアパートも借りられ、全てが順調に動いていた。

それなのに、こんな事になってしまった！

薬の服用をやめようとしたことがあった。その頃のわたしは人生の絶頂期にあった。ベンはいつもわたしの言いなりだった。

抗うつ剤の処方箋は一日二十ミリグラムだった。だが体調が良かったので、それが十ミリグラムに減り、それでも大丈夫だったので、ついにやめる事にした。

順調だったのは二ヶ月間で、やはり発作は起きてしまった。その頃は体重は十二キロも激やせして、ベロシティ誌もクビになりかけていた。会社としては、わたしがなぜ出社しないのか分かっていなかった。ついに同僚のリッシーが心配して母に電話をしてくれた。

わたしはすぐかかりつけの医者の所へ連れて行かれた。医者は肩をすぼめてひと言っただけだった。

「薬の禁断症状。やめるのが早すぎたな」

それ以来服用は元々の一日四十ミリグラムに戻った。わたしは数日で回復し、やめる時期は改めて見定める事にした。が、そのチャンスはついに来なかった。

だからと言って今がそのチャンスではない。水面下二メートルの鉄の箱に入れられている今がチャンスなどでは有り得ない。

最後に発作らしいものがあったのはいつだったのか思い出してみた。そんなに前の事ではない。四日ぐらい前か、もっと最近だったかも。実際のところ、発作が始まる時は肌の上側で感じられる。ピリピリと電気のようなショックだ。

〈わたしはここで死ぬんだ〉

〈誰にも知られずに〉

〈ああ、神様――〉

入り口の所で物音がした。わたしは動きを止めた。息も、思考も、パニックも止めた。半身を起こし、背を寝台に当てたまま凍りついた。

誰か入って来たら、こちらから飛び掛かって戦うべきか？

ドアの取っ手が回った。

心臓の鼓動が喉で鳴っていた。

わたしは立ち上がり、後ろ歩きで一番奥の壁まで引き下がった。

戦わなければ！　――ドアから誰が入って来るのか見てからでも遅くない。

顔が頭の中でフラッシュした。保安責任者のニールセンか、ピンクフロイドのTシャツを着て包丁を手にしたあの若い女性か！

わたしは唾を飲み込んだ。

ドアが少し開き、パーッと明かりが差し込んだ。その隙間から手が伸びて来て、食器を回収すると、ドアは再び閉まった。あっという間の出来事だった。

ドアが閉まると室内がまっ暗闇に戻った。味がするほどの暗さだった。

クソ！
一寸先も見えない暗闇の中で出来る事は何も無かった。意識が薄れたり戻ったりしながら何分、何時間、いや何日が過ぎただろう。目を開くたびに何か見えないか目をきょろきょろさせるのだが、何も見えない。自分が生きてここに存在することを証明するためにも、地獄に迷い込んだのではない事を自覚するためにも、何か見えないかと期待するのだが、無駄だった。

とうとうわたしは眠りに落ちたらしい。というのも、跳び上がるぐらいびっくりして目を覚ましたからだ。心臓の鼓動の激しさも感覚も普通ではなかった。汗をびっしょりかき、溺れる者が救命いかだにしがみ付くように、爪を立ててベッドにしがみ付き、今の今まで見ていた恐ろしい夢に体がガタガタと震えていた。

夢の中の室内はモノがやっと見える暗さだった。ピンクフロイドのTシャツを着た女が部屋の中に立っていた。例の女だと分かるほど部屋は明るくなかったが、勘で分かった。わたしは動けなかった。気持ち悪い生き物が胸を這っている様な状況だった。女はどんどん近付いてきてわたしの目の前で止まった。Tシャツの裾が女の長い脚の付け根でめくれていた。女はにやっとすると、しなやかな動作でTシャツを脱ぎ捨てた。すると、レース犬の様なやせ細った体が現れた。肋骨、鎖骨、骨盤などが浮き出ていた。肘関節は前腕より幅広で大きく、手首は子供のようにぶよぶよしている。女は目を落として自分の姿を見てからストリップショーのようにゆっくりブラを外した。ちょっと色っぽかったのはその部分だけで、小さくて幅の狭い両乳房も腹部もセクシーとは程遠かった。

わたしが恐怖で腰を抜かし、息を殺して見守る中、女はそこで止まることなく脱ぎ続けた。細い腰から下着を脱ぎ、素っ裸で床に立った。それから、髪の毛を根元から引き抜き眉毛も引き剥がした。右の次は左と。その後は、唇も鼻も落とした。それから、手袋を脱ぐような動作で爪を一つずつコトンコトンと音を立てながら床に落として行った。それに、歯が落ちる音が続いた。その後だった。身の毛もよだつような一番の恐怖が待っていた。

――女がきついイブニングドレスを脱ぐように自分の肌を剥がし始めた。それが済んだ後の女は、血管が複雑に交錯する肉丸出しの、毛皮を剥がされたうさぎのようだった。

女はその姿で四つん這いになり、わたしに向かって這い出して来た。唇のない口が笑った。その笑みにわたしは鳥肌が立った。どんどん近寄って来る女に、わたしは、これ以上後ずさり出来ない奥の壁に追い詰められた。

わたしはべそをかき、喉を詰まらせた。何か言おうとしたが、口から言葉が出なかった。動こうとしても体が硬くて動かなかった。

女は口を開いた。何か言いたかったのだろう。しかし言えないと見ると、口の中に手を突っ込み舌を引っ張り出した。

あまりの怖さに寝返りを打ったのか、わたしはうずくまった格好で目を覚ました。息も絶え絶えだった。

真っ暗闇が拳のようにわたしを叩きのめした。

思いっ切り叫びたかった。わたしの内側で溜まったパニックは火山のマグマのように喉の膜を打ち破り、堅く閉じた歯を突き抜けて外に噴出しそうだった。わたしは錯乱の中で考えた――大声で叫んだからと言って、その結果がもたらす最悪の事態なんてこの際ないに等しいのでは――大声で叫んだらいいじゃないか。その叫びを誰かが聞きつけてわたしを助けてくれるかもしれない。

わたしはやってみた。大声を張り上げて叫んだ。体の中に溜まったマグマは喉を突き破って噴出した。わたしは続けて何度も何度も叫んだ。体を震わせながらどれ程の長い時間そこに居ただろう？

叫び疲れたわたしは部屋が再び静かになった事を思い知らされた。聞こえるのは船の低いエンジン音と自分の呼吸だけだった。しかも、口から出る音は、生身の喉がやすりで削られたかのようにかすれていた。

誰も来てくれなかった。ドアを叩いてどうしたのかと聞いてくれる者などいなかった。

――もしくは、大人しくしなければ殺すぞと言ってくる者さえいなかった。

わたしはガタガタ震えていた。今見た夢を頭から振り払いたかったが出来なかった。女の血管丸出しの肉の塊がわたしに向かって這って来るのが目頭から消えなかった。

わたしが何をしたと言うのだ？　ああ神様、どうしてこうなってしまったのでしょう？　圧力に屈せず黙らなかったからだ――第10客室で何が起きたのか、見たこと聞いたことを訴え続けたためにこうなってしまったのだ。それにしても、本当は一体何があったのか？

――

息苦しい真っ暗闇の中でわたしは両手で目を覆いながら考え続けた――あの女は生きている。わたしが何を耳にしたにしろ、目にしたにしろ、あの女は殺害の犠牲者ではなかった。あれ以来彼女はずっと船の中に居た訳だ。船は何処にも寄港しなかったし、陸地に近づきもしなかった。彼女は一体何者なのか？　なぜ身を隠していたのか？　すると、あの手すりに付いていた血痕は誰のものなのか？

わたしは頭痛を我慢して論理的に考えようとした。彼女は乗組員ではないのか？　スタッフ専用ドアも組み合わせ番号で楽々開けたではないか。そういえば、保安責任者のニールセンも楽々ドアを開けていた。そして、いったん下層の階に降りてしまえば、もう鍵のかかったドアは無い。

彼女は第10客室の鍵を持っていたに違いない。カードキーだ。あの部屋に滞在する予定の者に必ず与えられるキーである。客の他に合鍵を持っているのは、どの客室も開ける事が出来る清掃係員だ。

わたしは清掃係員を怪しいと睨んだ。デッキの下の階の小部屋でわたしのことを〝厄介女〟と言わんばかりの顔で睨んでいた彼女達を思い出す。彼女達は一体いくらでカードキーを売り渡すのだろう？　百クローネ？　千クローネ？　いずれにしても、金さえ出せば、この船のどこかでカードキーのコピーが手に入るはずだ。一、二時間だけ貸すというのも有り得る。実際に客室係のカーラが言っていた。「誰かが第10客室を友人に貸したのかも知れない」と。

他の可能性もある。カードキーが盗まれるとか、インターネットで手に入れるとかも無きにしもあらずだ。

わたしはこれまで犯人を、乗船しているサービス係員か、乗船客の中に居ると睨んでいたが、それ以外に居るなんてあり得るのだろうか？

元彼のベンや、写真家のコールや、保安責任者のニールセンを疑ったりしたが、それが的外れだったと思うと気分が悪くなる。

しかし、あの女が生きて存在している事実からすると、誰か別の人間が関わっている可能性は排除できない。そう思えば思うほど確信できる。誰かが第10客室のデッキで彼女に指図していたのだと。シャワー室の鏡に脅し文句を書いたのも、コールのカメラを湯の中に沈めたのも、わたしの携帯を盗んだのも、その誰かに違いない。あの女一人の犯行では有り得ない。その〝誰か〟は、わたしが二日間大声を上げて叫んでいるあいだ、あの女が何処で何をしていたのかちゃんと知っていたのだろう。

なぜなんだ？　その答えが見つからない――なぜこれほど長期間船の中に隠れていられたのか。

〈ううん――わからない〉

彼女が生きているのが分かった今、重要なのは、あの女が一体何者なのかという疑問だ。誰かの妻か、娘か、それとも愛人か？　誰かが警察の尋問を避けるために国外に脱出しようとしているのでは。

写真家のコールとその元妻が頭に浮かんだ。カメラからなぜ写真が消えたのか？　いくら考えても理屈に合わない事ばかりだ。

真っ暗闇が重苦しくてわたしは寝返りを打った。ここが何処にしろ船底に近いのは間違いない。客室のあるデッキに比べてエンジン音がやたらにうるさく、船員のフロアで聞いた音よりも大きく、恐らく喫水線よりも遥か下層のエンジンが置かれている同じフロアの最後尾辺りでは。

そう考えると、新たな恐怖がわたしの五感に沁み込んでくる。何千トンもの水圧が船体に、そして、わたしの頭、肩にものしかかる。

暗い小さな空間の中で自分の呼吸で空気がどんどん古くなって行くのが分かる。わたしは恐怖と酸欠で息が詰まりかけている。

震える脚でベッドを下りると、両手を前に突き出し、何にぶつかるかとびくびくしながら床をそろそろと歩いた。子供時代に怖がったお化けの顔が頭をよぎる――邪悪な生き物が待ち構える巨大なクモの巣に捕まるのでは。まぶたが無くなり、唇が無くなり、舌が無くなった例の女が暗闇の中に立っているのでは――しかしわたしの別の部分が、ここに居るのはわたし一人だけだと自分に言い聞かせている。数センチずつの歩みだったが、わたしの手はついにドアに触れた。手探りでドアノブを見つけ、回してみた。鍵がしっかり掛かっていた。覗き穴が無いか探してみたが、そんなものは無かった。たしかドアの左にスイッチがあったのを思い出し、手探りで見つけ、心臓をドキドキさせながら押してみた。何も起きなかった。何度試しても結果は同じだった。マスタースイッチかヒューズが外側にあるのだろう。恐らく連中は電源を全て切ってからドアを閉めたに違いない。

自分の客室にいたときも、他の人の客室にいたときも、照明を消して外に出るときでも必ず何かの明かりはついていて、完全に暗闇になる事はなかった。今のこの一寸先見えない闇は誰かが意図したものでしか有り得ない。

わたしはベッドに這いあがり、カバーに潜った。パニックと、インフルエンザにかかったような脱力感で体がガタガタと震えていた。

ああ、神様、あんまりです――あの女に負ける訳にはいきません。負けるつもりもありません――。

込み上げてくる怒りは、無音の闇の中で、逆に考えをまとめる拠り所になった。生きる目標が出来た。あの売女め――裏切り女め――女同士なのにやる事がひどすぎる――わたしは自分の負い目を正直に語り、彼女のために見たこと聞いたことを訴え続けた。保安責任者のニールセンの疑いの目にも耐え、元彼のベンの信頼を崩してまで――なのにあの女はわたしの頭を鉄のドアに叩き付け、気を失ったわたしをこんな棺の中に放り込んだ――企みの張本人が誰にしろ、動き回っているのはあの女だ。わたしを廊下におびき寄せたのもあの女だった。その事を考えれば考えるほど確信できることがある。ドアの隙間から食べ物のトレーを回収した痩せたしなやかな腕はあの女のものだ。人を引っ掻きビンタを張り、人の頭を壁に叩きつけることが出来る腕。こんなひどい事をするにはなにか訳があるはずだ。理由も無しに他人を傷つけ、苦しめ、死に追いやる者などいない。

彼女は自分が死んだように見せかけていたのか？　もしそうなら、如何にしてこれほどの長期間身を隠し通すことができたのか？　第10客室の中を綺麗に片づけて、手すりのガラスに付いた血痕を拭い、あの夜のわたしの訴えがでたらめだと皆が思うように仕向けて来たのは何のためだろう？

あの女としては、見られたらまずかったのだろう。あの客室で確かに何かあった。それが何にしろ、わたしに目撃されてしまったのは彼女にとっては不都合だったと言うことか。

わたしは横になったまま傷付いた頭を叩いた。だが、情報の断片を組み合わせようとすればするほど断片が多すぎて完成形が現れない。


悲鳴が聞こえた。血痕が拭き取られた。この二点に絞り、どんなストーリーが考えられるかあれこれを巡らせた。喧嘩があったのか？　顔面を殴られ、悲鳴を上げ、血が噴き出たためベランダに出て海に首を出し、それでガラスの手すりに血痕が付いたのか？　彼女が密航者だということも考えられる。その場合、喧嘩をした二人が証拠を残さないよう血痕を拭うこともあるだろう。それで、彼女は別の場所に身を隠したのか？　しかし、それではその他の断片が当てはまらない。もしその喧嘩が偶発的で前もって仕組まれたものでないなら、部屋の中があんなに素早く片付けられるのはおかしい。あの夜マスカラを借りようとしてあの女を見たとき、彼女の背後には服だの持ち物だの普通に色々な物が散らばっていた。第10客室は、わたしが電話して保安責任者が駆け付けて来るまでのほんの数分の間に綺麗に片づけられていた。喧嘩が偶発的なものだったら、そんな短時間で片付けられるものだろうか？

いや、違う——第10客室で何があったにせよ、それは前もって計画されていたもので、しかも事前の打ち合わせで塵ひとつ落ちていない状態に片付けられていたのだろう。そこでわたしの頭の中で一つの疑問がもたげた。

〈第10客室が空室だったのは偶然ではなかったのでは〉

やはりそうだ。ひと部屋空室にしておく必要があって、それが第10客室でなければならなかったのだ。なぜなら、第10客室は船体の最後尾に位置しているから、そこで何があったにしろ、それを窓から見咎める客室は無く、海に何が放り投げられたにしろ、船の航跡でそれが消されてしまうからだ。

誰かが殺された。それは確かだ。それがあの女でないとしたら、一体誰が？

エンジン音がやかましい暗闇の中でわたしは寝返りを繰り返しながら、回答を求めては何か聞こえないか耳を澄ませた。胃がむかついて戻しそうだった。頭が霧が掛かったように重く、同じ疑問から抜け出せなかった。
〈殺されたのは一体誰なんだ?〉

# 第24章　怪しい彼

次に目を覚ましたのは、前にも聞いたドアノブを回す音でだった。音と同時に薄明かりが灯された。わたしは跳び起き、ベッドから降りた。心臓はどきどきと早鐘を打っていた。勢い余ってベッドの横にあったものにつまずきながら、目を大きく見開いて辺りを見回した。しかしドアは閉じられてしまっていた。

〈クソッ――またチャンスを逃してしまった――〉

何がどうなっているのか、まずそれを知りたい。連中はわたしをどうするつもりなのか？なぜわたしをこんな狭い所に閉じ込めておくのか？　いま何時なのか？　昼間なのか夜なのか？　わたしをこんな目に遭わせている犯人が誰にしろ、あの女は自分の都合で照明をつけに来ただけなのか。わたしは逆算してみた。頭を打たれて気絶させられたのは火曜の朝早くだった。それから考えて、今は少なくとも水曜日の朝か、それよりも遅い時刻になっているか。ここには二十四時間かそれ以上いるような気がする。

わたしはバスルームへ行き、顔を水に浸した。目まいがして部屋全体が揺れている感じだった。しかも、揺れはだんだんひどくなり、わたしは思わずドア枠を掴んで体を支えた。ようやく目まいがおさまったので、ベッドに戻り、腰を下ろして両脚の間に顔をうずめた。単なる船酔いだったのか？　これほど低い船底に居ると、船の動きが別のものに感じられ、気持ち悪さが自分の体から来るのか波の動きのせいなのか分からなくなる。上下運動がそれほどリズミカルでなくなり、緩慢な揺れが、絶えることのないエンジン音と混ざって催眠効果を発揮する。

気が付くと、ベッドの脇にデニッシュペストリーとシリアルが載ったトレーが置かれていた。跳び起きた時につまずいたのがこれだった。

昨夜来ミートボールを二個食べた以外は何も口に入れていなかったが、空腹は感じていなかった。それでも、シリアルをスプーンに一杯だけ口に運んだ。

これから脱出するには戦わなければならないだろう。空腹では戦えない。

しかし、わたしが真に欲しかったのは食べ物ではなく、服用しているピルだった。やめようと思いしばらく口にしていなかったが、今は体調を整えるために絶対に必要だった。この状況でピルが無くては一体どんな結果になるか自信がなかった。

〈お前は本当にやる気なのか……〉

自分の声が耳元で嫌みを言う。すると、口に入れたシリアルが喉につかえ飲み込めなくなった。

わたしはあの女に是が非でも戻って来て欲しかった。彼女と取っ組み合うシーンがありありと目に浮かぶ。今度はわたしがあの女の髪の毛を鷲掴みにして引きずり回す。そして、その顔をベッドの金具に叩き付ける。鮮血が噴き出すのを眺め、この小さな空間に充満する血の匂いを嗅いでやる。

わたしはベランダの血痕を思い出した。どのようにしてガラスに血が付いたのか、その様子を思い浮かべ、そして願った。血痕はあの女の血だったらよかったのに、と。

〈憎らしい――〉

わたしは喉の痛みを我慢してシリアルを飲み込んだ。そして震える手でもう一スプーン口に運んだ。

〈憎らしい――あんな女なんか溺れて死んでしまえばいいんだ〉

シリアルはセメントのように無味乾燥だった。飲み込めなくて呼吸が苦しくなりそうだった。それでもがんばってボウルの中身半分ほど平らげた。


やれるかどうか自信は無かったが、やらない訳にはいかなかった。薄いメラミン製のトレーを持ち上げると、それを思い切りマットレスの下の金具の部分に叩き付けた。跳ね返って来て危うく自分に当たりそうになった。その瞬間、アパートで強盗に入られた時ドアの角が顔にぶつかって来た光景がフラッシュバックして、わたしは思わずベッドに顔をうずめた。


上手くいかなかったので別の方法で凶器を作る事にした。まず、体重と腕の力でトレーを真っ二つに割る事が出来た。割れ目にはギザギザが出来て、相当な鋭さがあった。その一つ一つを部分的に折ったり曲げたりして、前の部分が刃、後部が握り部分の、ナタらしき武器を加工することが出来た。

その手製のナタを握り、ドア枠の横に身を隠し中腰で構え、女が入って来るのを待った。

その日は時間が過ぎるのが特に長かった。目が一、二度自然に閉じてしまった。恐怖とアドレナリンの洪水で体も降参しそうだった。しかしその度に自分に鞭打ち、我に返ってチャンスが来るのを待った。

〈このまま落ち着いて待つんだ。ロー――〉

わたしは数を数えはじめた。パニック発作を鎮めるためではなく、眠気を吹き飛ばすためだった。一、二、三、四――千まで数えたら今度はフランス語で数えた。アン、ドゥ、トロワ――首を振り、腕を擦りながら数え続けた。

と、そのとき聞こえて来た――廊下の向こうからドアの閉まる音が――わたしは息を止めた。連中はどんどん近付いてくる――胃がキリキリと痛んだ。

鍵穴にキーが差し込まれた。

ドアがそろそろと開けられた。

わたしは飛び掛かって取っ手を握った。

あの女だ――わたしを見るなり、彼女は跳び上がってドアを閉めようとした。わたしは閉めさせまいとドアの隙間に手を突っ込んだ。しかし、勢いよく閉まるドアに前腕が挟まれ、わたしは悲鳴を上げた。幸いドアは弾みで開き、わたしは体半分でドアを開けたままにできた。その勢いのまま女の顔に向かってナタを振り下ろした。

ギザギザの刃が女を倒すはずだった。ところが、女は上手く身をかわすと、引き下がるどころか、わたしに向かって飛び掛かって来た。そして、わたしを部屋の中に突き飛ばすと、自分も部屋に入って来て後ろ手でドアを閉めた。そのもみ合いでわたしは自分のナタで自分の腕を傷つけてしまった。血がポトポトと床に垂れた。

「わたしを解放しなさい――」

喉から絞り出した自分の声は人間と言うよりは動物の叫び声のようだった。

女はドアを背にして立ち、わたしの血で汚れた顔を左右に振った。突発的な争いで、息を切らし、怯えているのが目の表情に表れていた。しかし取っ組み合いでは自分が優位であると分かっているようだった。

「殺してやる――」

わたしは本気で言い、自分の血で染まった手製のナタをもう一度振り上げた。

「喉を掻き切るわよ――」

「あんたのその体でわたしを殺すなんて出来っこないよ」

忘れろと言われても忘れられない声だった。その口調と言葉の端々に人を蔑む傲慢さが滲んでいた。

「そのザマを見てみな。立ってんのもやっとじゃないの。惨め――」

「なぜなの?」

子供が泣きべそをかいている様なわたしの声だった。

「なぜわたしをこんな目に遭わせるの？　なぜなの？」

「あんたが悪いからよ――」

　女は怒りのボルテージを上げた。

「真相を調べるんだって頑張ったわね。いくらわたしがやめさせようとしても、あんたはしつこかった。あの第10客室で起きたことを忘れてくれさえしたら――」

「わたしは、本当は何を見たの？」

　女は口をひん曲げて首を左右に振った。

「あきれるわ。わたしをそんなマヌケだと思ってるの？　あんた、このままだと死ぬことになるけど、ほんとにそれでいいの？」

　わたしは首を振って否定した。

「だろうね。それで、これからどうしたいの？」

「ここから出たいわ」

　わたしはそう言うなり、ベッドにへたへたと座り込んだ。これ以上立ち続ける自信もエネルギーもなかった。

　女は今度は前よりも激しく首を横に振った。女の目の中に恐怖の表情があった。

「そんなこと彼が許すはずないね」

〝彼〟、その一言でわたしの全身に痛みが走った。誰か上の者がこの女を動かしている最初の具体的な証言である。

〈彼とは誰だ?〉

わたしはあえて聞かなかった。今は、それよりも緊急の問題があった。

「だったら、お願い、わたしのピルを持って来て――」

女は好奇の目でわたしを見つめた。

「流しの所に置いてある薬の事? それなら持ってきてやれると思うけど。何の薬なの?」

「抗うつ剤よ」

わたしは皮肉っぽい口調で言った。

「急にやめる訳にはいかないのよ」

「そういうこと……」

女の顔に理解の表情が見えた。

「それであんたは顔色が悪いのね。そこまでは分からなかった。わたしが強く殴り過ぎたからだと思っていた。オッケー、だったら、持ってきてあげるけど、一つ約束してくれなきゃだめ」

「なにを?」

「わたしを襲ったりしないこと。分かった?」

「分かった」

女は姿勢を正して皿とボウルを取り上げると、わたしが持っていた手製のナタをよこすようにと手を伸ばした。わたしは一瞬迷ったが、結局渡す事にした。

「これからドアを開けるけど」

女はわたしに顔を向けて言った。

「バカなことはしない様に。このドアのすぐ向こうに別のドアがあって、暗証番号を打たないと開かない。ここから出ても、どうせ遠くには行けないんだから、変な気は起こさないこと。分かった?」

「分かった」

女が居なくなって、わたしはその場の出っ張りに腰を下ろすと、女が言ったことの裏表について考えた。

〝彼〟と言うからには、共犯者が乗船している訳だ。彼とは誰の事だろう? わたしは一人一人を頭に思い浮かべてみた。ティーナ、クロエ、アンネ、その他乗船している者の三分の二は女性だから除外できる。男性軍と言えば、
ニールセン‥　この船の保安責任者

バルマー男爵‥　船のオーナー
コール‥　有名な写真家
ベン‥　わたしの元彼
アーチャー‥　冒険旅行家
ありそうもないカテゴリーにオーエン・ホワイトや、アレクサンダーや、その他の乗組員や客室乗務員たちを入れる事が出来る。
可能性がある者には頭の中で丸印を付けてみた。しかし一つ、頭に繰り返し戻って来るのは、スパにあった「詮索をやめろ」の警告の件だった。
あの時その場にいた唯一の男、あの警告を書けるチャンスがあった唯一の男、それは元彼のベンだ。
動機について考えるのはやめよう。十分な情報が無くて答えられないような事をいつまで考えても始まらない。しかし、あの方法は――あの警告を書くチャンスがあった人間は非常に少ない。スパには隠れ入り口があり、そこを使ったことがはっきりしている唯一の男性がベンである。そう言えば、彼には疑わしい点がいくつもある。彼の客室は問題の第10客室の向かいにあるのに、あの夜彼は何も見なかったし何も聞こえなかったと言っている。〝皆とポーカーしていた〟との説明には嘘があった。訴えをやめるようあれほど熱心にわたしを説得したのも彼だった。

ジグソーパズル同様、一つ一つの疑問に対する答えが大きな回答を形作るはずなのに、わたしはその結果に全く満足できていない。いくら答えが正しくても、それが囚われの身に何の役に立つと言うのだ。

まず、ここから脱出するのが先決だ——

# 第25章　現れた正体

横になり、クリーム色の壁を見つめていた時に、ドアをノックする音が聞こえた。

「どうぞ」

さすがに弾んだ声ではないが、こんな状況の中で社交的に答える自分のお体裁屋ぶりに笑ってしまった。わたしが〝どうぞ〟などと言わなくても、連中は好きなように入って来られるのだから。

「わたしよ」

ドアの外の声が答えた。

「トレーで襲撃はもうダメよ。じゃないと、あんたにピルを渡すのはこれが最後になるからね」

「わかった」

わざとふてくされて答えたわたしは半身を起こして体に毛布を巻き付けた。というのも、この空間に閉じ込められてから一度もシャワーを浴びていないので汗臭いだろうし、それを悟られるのが怖かったからだ。

カチャッと音を立ててドアが開いた。女が食事を載せたトレーを床に置くと、それを足で押しながら自分も部屋に入って来て、ドアに鍵を掛けた。

「はい、これ――」

そう言って差し出した女の手には白いピルが載っていた。

「一つだけ?」

わたしは信じられなくて思わず言った。

「いまは一つだけど、あんたの行儀が良かったら、明日二つ持ってきてあげる」

これは恐喝だ。わたしは女に絶好のネタを与えてしまった訳だ。

その後、女はポケットから本を取り出してわたしに渡した。わたしが船に持ち込んだ数冊の内の一冊だった。この状況下で楽しめる内容ではなかったが、無いよりはマシだった。

「何か読んだ方が頭の体操になると思って」

そう言ってから女は付け加えた。

「反抗はダメよ――」

「サンクス」

わたしが言うと、女はくるっと背を向けて行きかけた。

「待って――」

わたしは思わず叫んだ。

「何なの?」

わたしは聞きたいことをどう話したらいいのか言葉に詰まった。

「わたしは――これから――どうなるの――?」

わたしの質問に女は顔を曇らせた。守りに入ったことがその表情に表れていた。明るい窓に急にカーテンが閉められた様な感じだった。

「わたしが決める事じゃないわ」

「では、誰が? ベンなの?」

女は鼻でせせら笑い、帰り際にトイレの前で立ち止まり、ドアに吊るしてある小さな鏡に自分の姿を映した。

「ファック――わたしの顔に血が付いてるってどうして言ってくれなかったの？　あんたに襲われたって彼が知ったら……」

女はそのまま小さなトイレに入り、顔に水を掛けて血痕を拭った。

しかし女が拭ったのは血痕だけではなかった。

その様子を目撃してわたしは凍りついた。この単純な行為一つで女は正体を現した。顔にこびりついた血を拭いながら、彼女は両眉毛も一緒に拭い取ってしまった。すると、骸骨のような広い額が現れた。この特徴が誰のものか疑問の余地はなかった。

第10客室の女は、アンネ・バルマー、つまり、船のオーナー、バルマー男爵の妻だった――

# 第26章　見えて来た真実

あまりの事に腰を抜かしたわたしは、口をぽかんと開け、座り込んだままショックで動けなかった。

女はわたしを見てから視線を鏡に移した。そして、自分が何をしたのか気づいてか、一瞬驚きの表情を見せた。が、肩をすぼめると、何食わぬ顔に戻り、部屋から堂々と出て行った。ドアが閉まり、鍵を掛ける音が聞こえた。

アンネ・バルマー――

〈アンネ・バルマー？〉

いま出て行った女が、わたしが言葉を交わしたことのある病気疲れした老け顔の女性と同一人物だなんてとても思えない。しかし、顔を見れば間違えようがない。

あの顔。黒に近い灰色の目、頬骨が張っている所も同じだ。その事にどうして前に気づかなかったのか。その点は自分でも分からない。もし彼女のこの変態ぶりを目撃していなかったら、髪の毛や丁寧に描かれた眉をいじるだけで顔がこんなに変わるものだとは信じられなかっただろう。髪の毛と眉が無くなると彼女は妙に個性が無くなり、つるんとした顔になってしまう。骨が透き通って見える様な青白い肌を見せられると、死の病を感じずにはいられない。頭にきつく巻いたスカーフは、首に描いたしわと、その下の骨を隠して、弱々しさを演出する為のものだった。

しかし滑らかな眉毛が描かれ、光沢のあるふさふさした黒髪が揺れると、まるで別人が出現する。若々しくて、健康で生き生きした女が。

わたしが前にアンネ・バルマーに会った時は、病の虚飾に暗示されてしまい、その下に何かあるかなど考えもしなかった。事実上彼女を見ないようにしていた。代わりにわたしが見ていたのは、ゆったりした服装とか、無くなってしまった眉毛の跡とか、スカーフの下の妙に丸い喉仏とか、巨大資産相続人の雰囲気とか、そんな上辺のものばかりだった。あの髪の毛はかつらだったに違いない。役に合わせて脱着していたのだろう。

アンネ・バルマーは本当に病気だったのか？　死が迫っていたのか？　それとも、それは芝居だったのか？　何が真実なのか、今のわたしにはさっぱり分からない。

その事についてベンが言っていた――アンネの放射線治療は四年も前から続けているのだと。いくら優秀な医者を個人的に雇い、移動のたびにジェット機を待機させている様な生活を送っているとはいえ、健康な女から死を待つ女にコロコロと変身できるものだろうか？　有り得るかも。この事は少なくとも一つの事実に付きあたる――アンネはどのようにして乗船したのか？　例の第10客室の水しぶき事件の夜以来、彼女に何があったのか？女は単にかつらを外しスカーフを巻いてアンネ・バルマーの生活に移行している。それと、各部屋のキーなど船の中を自由に動き回れる特権を得ている。夫が船のオーナーなら手に入らないものは無いと言うことか？　しかし、わたしが一番分からないのは、何故ピンクフロイドのTシャツを着て空室のはずの第10客室で寛いでいたのか？　内密で入室していたのなら、なぜわたしのノックに応えて出て来たのだ。矛盾だらけで訳が分からない。

最後の疑問について考えていたとき、第10客室のドアをノックした時の光景が頭の中に蘇った――ドン、ドン、ドン、一休みしてからもう一回ドン。すると最後のドンを待っていたかのようにドアは開いた。自分が叩いたのは偶然だったが、変則的なノックだった。事前に決めておいた暗号のようでもあった。彼らが決めておいた暗号のノックと同じノックをわたしが偶然実行して、中に居るアンネ・バルマーにドアを開けさせたのだろうか。そんな事って起こり得るだろうか？

あの時、第10客室のドアを普通にドンドンと叩いていたら、アンネ・バルマーが中に居たことは永久に分からなかっただろうし、わたしがこんな所に閉じ込められて口止めされることもなかったろうに。

〝口止め〟、決して心地良い言葉ではない。この言葉がわたしの頭から消えずにこだましている。

わたしは口止めされている。一体いつまで？　いつまでここに閉じ込められているのだろう？　あらかじめ予定が組まれていて、その時まで待たなければいけないのか？　それとも、永久に——？

夕食はクリームソースをかけた白身魚に、ゆでたジャガイモが添えられていた。食べる前にわたしは手のひらに載せたピルを見つめて考えた。いつもの半分の量だが、今ここで全部飲んでしまおうか？　それとも、半分残しておいて万一に備えようか？　——万一と言っても、どうせここから出られないのだ。ピルを与えられるのも止められるのもアンネ・バルマーのお情け次第なのだから、じたばたしてもしょうがない。わたしは一粒まるごと口の中に放り込んだ。

わたしはなまぬるい食事をつつき始めた。マットレスに腰掛け、かたいジャガイモを美味しいと思うよう努力しながら口に運んだ。その間、頭の中で分析した状況を整理した。女が、つまりアンネ・バルマーが、鼻でせせら笑った意味が今になって分かった。ベンには本当に悪かった。慌てて彼を犯人に仕立ててしまった自分が悲しい。アンネ・バルマーが男性の共犯者について口を滑らせてしまった時、その事に意識を集中するあまり、彼女自身がスパの階段を下りて鏡に警告文を書くことが出来たとはついぞ思わなかった――わたしがバカだった。

ベン自身もバカだった。何年もわたしと一緒に居たから、わたしの気持ちを過小評価することに慣れてしまっていて、わたしが目撃したことを訴えても、わたしの話を信じるよりも、保安責任者のニールセンに余計な情報をもたらしたりするから、わたしも彼に対する判断を誤ってしまった。

アンネ・バルマーが言う〝彼〟とは誰なのか？　今はっきり分かった。〝彼〟とはリチャード・バルマー男爵その人で、彼女の夫であり、船のオーナーでもある。乗船している全男性の中で彼以外の誰が殺人をそれほど簡単に実行できる？　ましてや、脂肪太りでこうるさいアレクサンダーや動きの鈍いクマの様なニールセンに出来るはずがない。

しかし殺人が本当にあったのか、無かったのか、その点は今もって断定できない。

〈わたしがここに閉じ込められている現実がその答えでは〉

第10客室で何があったにしろ、無かったにしろ、わたしをここに閉じ込めてトロンヘイムの警察に行けないようにすることが彼らにとっては死活問題だったのだろう。

では、何があったのか？　わたしに警察に行かれたら大変なことになるような重大事に違いない。密貿易か？　海上に待機している共犯者へ船から何か投げ渡したのか？

〈次に狙われているのはお前だぞ、まぬけ！〉

頭の中の声がわたしに囁く。同時に自分が船から投げられ海の中に沈んで行くさまが頭の中でフラッシュする。わたしは怖くなって歯を噛みしめた。ねっとりしたジャガイモを無理に口に入れると、船が大きく揺れ、胃に入ったものが戻って来てウッとなる。

わたしはどうなるんだろう？　可能性は二つしかない。
一、連中はある時点でわたしを解放する。
一、それともわたしを殺す。
第一の可能性は、いろんな要素を取り入れて考えると有り得ないのでは。わたしは知り過ぎている。アンネ・バルマーが重症なふりをしている事を知ってしまった。

わたしが自由になって外で色々話したら、特に暴力を加えられてこんな所に閉じ込められた事を語れば、連中は警察問題を抱え込む事になる。もっとも、世間の人達がわたしの訴えを信じるかどうかは別の話だが。

わたしは血がこびりついた頬に手をやった。汚れ、汗、血痕――自分の汚れに改めて気づく。

このところの行動パターンから察してアンネ・バルマーはしばらく戻って来ないだろう。二メートル四方の部屋に閉じ込められ、運命を好転させるのに出来ることは限られている。自分の体だけは清潔にしたい。


シャワーは上階の自分のスイートとは似ても似つかないお粗末なものだった。それでも、その下に長時間立って頭から湯を浴び、手にこびりついた血痕や体全体の汚れを洗い流す事が出来た。

マットレスに横になり目を閉じてエンジンの音に耳を傾けた。いま船はどのあたりに居るのだろう？　水曜日の夜か、木曜日の朝になっているのか？　わたしの記憶が正しければ、この航海の残りはあと二十四時間と少しのはずだ。その後はどうなるのだろう。金曜日の朝にはベルゲンに着く。そこで乗客は全員下船する。皆の下船と同時にわたしの希望も消滅する。なにがあったのか気づく人が居なくなったら当然そうなる。

これから二十四時間は安全だろう。しかしその後は？　ああ、神様、わたしはもう考えられません。わたしは顔を両手にうずめ、血が頭に送られる音に耳を傾けた。わたしはどうしたらいいのだろう？　今のわたしに何が出来るのだろう？

もしアンネ・バルマーの言うことが本当なら、彼女を襲撃しても何も得られないだろう。ここのドアから出られても、すぐ別のドアがあり番号キーでしか開かないと言う。廊下まで逃げ出せたら火災報知機を見つけてスイッチを入れれば何とかなるのでは、と一瞬思ったが、アンネ・バルマーとわたしの力の差を考えたら、襲撃など無理だとすぐ分かる。

力での解決策は無理だろう。わたしにとってのチャンスは単純——アンネ・バルマーをこちらの味方に付けることだ。でも、どういう風に持って行けばいいのか？　まず彼女について知っている事を整理してみよう。

父方は北欧を代表する資産家の家系であり、彼女はその相続人である。少女期をヨーロッパの寄宿学校を転々として過ごした彼女は、大人になった今ヨーロッパ有数の資産家である。わたしとの立場の違いを考えれば面会するのに時間がかかったのは当然では。くすんだ色のシルクの服にデザイナー特注のスカーフをして、熊手のようにやせ細り、悲しげな目をした女――確かにベンから聞かされていた通りの容姿である。

だが一つ気になるのは、ピンクフロイドのTシャツなどを着て安っぽいマスカラを愛用している点だ。まるでアンネ・バルマーが二人いる様でもある。背丈は同じだが何かが違う。

そこまで考えた時、何かがわたしの頭の中に点灯した。

二人のアンネ・バルマー。

二人の女。

彼女の目の色に合ったグレーの絹のローブ……

〈そうだったのか〉

わたしは思わず目を見開いた。それから、マットレスの端に沿って脚をぐるっと回し、ようやく気付いた自分の愚かさに歯ぎしりした――恐怖でパニックになってさえいなければこんな事は見えていたはずだ。どうして今の今まで気が付かなかったのだろう。

もちろん、アンネ・バルマーは二人いる。

英国を出帆したあの夜以来死人となっているアンネ・バルマー。

その時以来アンネ・バルマーの振りをしている元気な若い女。

同じ背丈。同じ体重。同じ様な頬骨――同じでないのは目の色だけ。その点彼らはリスクを計算して行動している。今まで会ったことのない女性について思い出せる者などいない。

乗船している者で今回の航海以前にアンネ・バルマーに会ったことのある人間は一人もいない。

航海前にリチャード・バルマー男爵は写真家のコールに妻の写真を撮らないように指示していた。とんでもない陰謀だ。今になってその理由がようやく分かった。自意識の強い妻の肖像権やプライバシーを守る為の頑固さかと思っていたが、全然そんなのではなくて、のちのち妻の友人たちや親戚たちに疑念を持たれた時に陰謀の証拠を残さないためだった。

わたしは目を固く閉じ、両手で髪の毛を掴み、両肘をついて考え込んだ。本当は何があったのかと。

リチャード・バルマー男爵——彼がやったに違いない——何らかの方法で女を乗船させ、秘かに第10客室に住まわせた。しかもそれをわたしたち招待客が乗船する前に実行していた。

英国のハール港を出帆した日、第10客室に潜んでいた女はバルマー男爵からの指示を待っていたのだろう。ドアが開けられた時、女の背後に見えたものを思い出してみた。絹のローブがベッドの上に脱ぎ捨てられていた。その横には除毛クリームや脱毛剤のセットが置いてあった。わたしは何て甘ちゃんだったのだろう。女は全身脱毛を実施してがんで病んでいるアンネ・バルマーになりすます用意をしていたのだ。

バルマー男爵がドアのノックの仕方を女と取り決めていたにもかかわらず、わたしが偶然それらしくノックしたため、女はドアを開けてしまった。

ありえない、と女はそのとき思ったに違いない。彼女がわたしを見てドアを閉めようとしたときの驚きと苛立ちの表情をもう一度思い返してみた。

ドアを閉め切る前にわたしに声を掛けられて、閉めるに閉められなくなってしまい、一応は話に応じた格好になったものの、わたしを早く追っ払いたいのは見え見えだった。わたしを追っ払ったあと、女は自分の荷物をまとめ、部屋を綺麗にして男爵を待ったのだろう。

バルマー男爵が部屋にやって来たとき、女は来訪者があった事を話しただろうか？　わたしには分からない。多分話さなかっただろう。男爵は不寛容な男だから、女は話す気になれなくて、大丈夫だろうと勝手に判断したのだろう。

あの夜、皆で飲んだ後、本物のアンネ・バルマーは何らかの方法で第10客室に連れてこられたのでは。嘘っぱちの話を持ちかけられたか、それとも、すでに死体になっていたのかも。

どちらにせよ、それは大した問題ではない。何故なら、結果は同じなのだから。

バルマー男爵がラースの部屋でアリバイのためのポーカーゲームをしていたとき、第10客室では、女が、見つかる可能性は無いと判断して、アンネ・バルマーの遺体をベランダから手すり越しに海の中に投げ入れた。

連中の企みは上手くいくはずだった。もうちょっとだった。それで逃げおおせるはずだった。もしわたしが――強盗に入られた恐怖体験ゆえの神経過敏状態だったから出来たことだが――水しぶきの音を聞かずにあんな思い込みを言いふらさなかったら。

とんだ勘違いはしていたが、細かい筋はその通りだった。


それで、あの女、一体誰なんだ？　わたしを襲いこんな動物小屋みたいな所に閉じ込めているあの女は何者なの？　まるで見当がつかない。

しかし一つだけ確かなことがある。もしわたしに命綱があるとするなら、それは、あの女を何とかするしかないのでは。

# 第27章
# 説得

その夜、わたしは一睡もせずに考えた。これからどうするのが一番いいのだろう。元々わたしが帰宅するのは金曜日より後ということになっているから、それまでは何があろうと、ボーイフレンドのジュードもわたしの両親もわたしが無事だと信じて疑わないだろう。でも、他の乗客たちはわたしが船に居ないのに気付くはずだが、果たして彼らは騒ぎ立ててくれるだろうか？　それとも、皆バルマー男爵の作り話に丸めこまれてしまうのだろうか？　トロンヘイムの警察に足止めされ、わたし単独で帰国したとでも言い張るのか。

わたしの不在を問題視してくれる人はいるだろうか？　行方不明の真相を追求してくれる人はいないのだろうか。写真家のコールとラースの妻クロエはどうだろう？　あまり希望は持てそうにない。他に騒ぎたてそうな者はいない。誰もわたしの事をよく知らないのだ。わたしの家族と連絡できる者など一人もいない。恐らくみんなはバルマー男爵が用意する説明を鵜呑みにするのだろう。では、元彼のベンはどうだろう。彼ならわたしの事を知っているから、ひと言の連絡も無く早朝トロンヘイムから一人で帰るのはおかしいと気づいてくれるのでは。

普通なら、心配してジュードなりわたしの両親なりに連絡してくれるはずだ。ところが、ベンと最後に別れた時の状況は普通ではなかった。わたしは彼を殺人事件の共犯者扱いまでしてしまった。恐らく怒っているだろうから、わたしが〝グッバイ〟も言わずに消えたことに不審を抱かないのでは。

他の乗船客について言えば、ライバル誌のティーナが一番可能性が高い。わたしの行方不明についてローアン編集長に連絡してくれるのでは。しかし、それに命を預けるにはちょっと確率が低すぎる。

やはりこの件は最後まで自分の手でやり抜くしかない。

朝が来るまで一睡もしなかった。これから何をすべきか決まった以上、その時が来るのを待つことにする。

やがてノックの音が聞こえた時、わたしにはすっかり心の準備が出来ていた。

「どうぞ」

ガタンと音を立ててドアが開き、女がそろそろと顔をのぞかせた。綺麗になったわたしが本を膝の上に載せマットレスの上に落ち着いて座っているのを見て、彼女は顔を和ませた。

「ヘイ」

わたしは彼女に呼び掛けた。

女は食べ物を載せたトレーを床に置いた。今日の彼女はアンネ・バルマーの装いをしている——スカーフを頭からかぶり、眉毛は描かれていない——しかし、彼女の立ち居振る舞いはアンネ・バルマーと言うより第10客室の女のそれだった。トレーを床に置くときの乱暴な手つき、背筋を伸ばすときの動きには男爵の妻を演じていた時の優雅さは全くなかった。

「ヘイ、調子はどう?」

わたしの呼び掛けに答える女の声も変わっていた。よく響く声だった。

「本はもう読み終えたの？」

女は顎で本を指した。

「ええ、終わったから別の本と交換してくれる？」

「いいわよ。何がいい？」

「何でもいいわ。あなたが選んで」

「分かった――」

そう言って差し伸べて来た手に本を渡すとき、わたしは彼女の様子を盗み見しながら次の一手のタイミングを計った。

「ごめんなさい。トレーであんな事をしちゃって」

わたしの声はぎこちなかった。女はニヤッと笑った。白い歯が見え、黒い目には悪戯っぽそうな表情が浮かんでいた。

「いいのよ。あんたを責められないわ。わたしだって同じ事をしたでしょうから。でも、ああいうことは一度だけよ。これからトレーは材質が変わったからね」

目を落としてトレーを見ると、今までの硬いメラミン製からセルフサービスの店によくあるプラスチック製に代わっていた。

「文句は言えないわ。自業自得だから」

「あんたのピルは小皿の上に載っているからね。わかる？　いい子にしてるのよ」

わたしがうなずくのを見て、女はくるっと背を向け立ち去ろうとした。わたしはゴクッと唾を飲み込んだ。行かれたらおしまいだ。何か言わなければ！　何でもいい。もう一日と一晩ここに閉じ込められなくて済むひと言を！

「あなたのお名前は？」

必死の状況下でそれしか出てこなかった。こちらに向き直った女の顔には不信感が漂っていた。

「何だって⁉」

「あなたがアンネ・バルマーじゃないことは分かってるわ。最初の夜アンネを見た時、彼女の目はグレーだったけど、あなたのは違う。それ以外はそっくりだけど。あなたは大変な女優さんね」

しばらく女の無表情な顔がそこにあった。女がドアを乱暴に閉めて出て行くのではと心配になった。そんな事になったら、これからまた十二時間の孤独な幽閉生活を強いられる。わたしは巨大魚を引っかけた釣り師の心境になっていた。糸は細く、獲物は重い。リールを巻くタイミングが難しい。急に引っ張ってはいけないし、張りが強すぎてもいけない。わたしは全身が緊張で硬くなった。

「わたしが間違ってなかったら……」

　わたしは言葉に気をつけながら話し始めた。

「うるさい！」

　雌ライオンの一声だった。怒りと憎しみで顔が引きつっていた。目には嫌悪と不信の表情がありありと浮かんでいた。

「ごめんなさい」

　わたしはわざと惨めっぽく言った。

「あなたを怒らせるつもりは……でも、それって、別に、わたしは何処にも行けないし誰にも話せないんだから――」

「だまれ！」

　女は憎々しげに言った。

「あんたは自分で自分の墓穴を掘っているんだよ、分かんないの？」

　わたしはうなずいた。その事は二、三日前から知っていた。彼女にもわたしにも言い分はある。それが何であれ、ここから出る方法は一つしかない。

「リチャード・バルマー男爵がわたしをここから出すとは思えない」

　わたしはさらに言った。

「あなただってそう思うでしょ？　だから、わたしがあなたの名前を知っていようといまいと、そんなことどうでもいいのよ」

高価なスカーフの下で女の顔は青ざめていた。次に口を開いた時の女の声は敵意に満ちていた。

「最初に問題を起こしたのはあんたで、それをめちゃめちゃにしてきたのもあんたなんだ。ここから出たかったら、自分一人で逃げ出したらいいじゃないの」

「わたしはあなたを救いたいの」

大きな声で言ったつもりはなかったが、二メートル四方の小さな部屋の中でわたしの声は大きく響いた。わたしは唾を飲み込み、落ち着いた口調で続けた。

「あなたを救うつもりなの。それが分からないの？」

「なんだって？　なぜそんなこと考えるの？」

彼女の言葉の半分は疑念であり、半分は、フラストレーションで押しつぶされそうな心の叫びだった。

「どうして？　わたしの事は何も知らないくせに、なぜそんな事を考えるの？　ちょっとしたことをあんなにしつこく騒ぎたてて！」

「あなたの立場が分かるからよ。わたしがあなただったら、たまらないと思うの。夜中目を覚ます度に命の危険を感じるんでしょ？」

「おあいにくさま。わたしはそんなんじゃないね。余計なお世話よ！」

女は目をむきだし顎を突き出してさらに言った。

「わたしは違うね、絶対に」

女は言い終えると、大股で床を歩いた。近くで見ると、女の顔には眉毛が薄く描かれていた。

「今は違っていても、いずれはそうなるのよ」

女が行ってしまわないようわたしは視線を捉えて離さなかった。

男爵に甘い言葉をかけられているのだろう。彼女は現状に溺れていて先々の事は考えていない。それを自覚させないとわたしの説得も功を奏さない。

「バルマー男爵が妻を殺し、その資産を全部横取りしたら、次に何があると思う？　自分の身の安全を図るに決まってる」

「うるさい！　だまれ！　あんたは自分が何を言っているか分かってないんだ。男爵はいい人だからね。わたしを愛してくれてる！」

わたしはマットレスから滑り降り、女の近くに立った。狭い空間の中で二人はにらみ合い、顔は互いに数センチしか離れていなかった。

「愛してるなんて上辺だけの話よ。騙されちゃだめ！」

わたしは震えが止まらなかった。もし、いま説得に失敗したら、女は鍵をかけて出て行き、二度と戻って来ないだろう。

わたしがいま全力を尽くすべきは、彼女に現実を分からせる事だ。わたしのためだけでなく、彼女のためにも。もし、このまま彼女が出て行ったら、恐らくわたしも彼女も死ぬことになるだろう。それは確かだ。

「彼がもしあなたを本当に愛しているのなら、あなたを殴ったり、死んだ妻に変装させたりなんてしませんよ。この物まね劇は一体何なの？　男爵はあなたと一緒に居るみたいだけど、それは彼の都合でそうしているだけ。もしあなたの事を愛しているのなら、妻とはさっさと離婚して晴天の下であなたとデートするはずよ。あなたも知っている通り、彼の妻は巨億の富の相続人で、この種の資産家たちは結婚に際して、離婚することになった場合を考え、財産分与の割合や財産放棄を義務付けておくのが普通よ」

「うるさい！」

耳の痛い話を聞かされて、女は首を振り振り、ムンクの絵のように両手で耳をふさいだ。

「何も知らないくせに。こんな事になったのもあんた自身のせいよ。男爵もわたしも望んでしたわけじゃない」

「へえ、じゃあ彼が妻に容姿がそっくりな女性を恋人に選んだのは偶然だったと言うの？　これは最初から仕組まれた罠なのよ。あなたは計略の道具として使われただけ」

「何も知らないくせに！」

女は小さな空間の中を行ったり来たりし始めた。その動きはアンネ・バルマーの控えめな優雅さとは似ても似つかない、怒りと恐れをむき出しにした自分勝手な振る舞いだった。

「妻が病気になり、その巨億の富が彼には目の前にぶら下がるニンジンになった。そしてある日突然理想の生活が閃いたんでしょう。何かとうるさい妻が居なくなって財産と自由だけが残れば、と。しかし医者から全快近しの診断を受け、それはまずいと判断した。そうでしょ？　そんな時に彼はあなたと出会った。そして計画が具体化した。彼は何処であなたをピックアップしたの？　バーで？　いや、違う。思い出した。コールの写真にあなたが写っていた。彼のクラブで会ったのね？」

「あなたは何も知っちゃいないんだ。何も！」

彼女はわたしを怒鳴りつけ、こちらが何か言い返す前にくるっと背を向けると、震える手でドアを開け、ドタドタと出て行ってしまった。後には、ドアに鍵がかけられる音と、さらにもう一つのドアが開け閉めされる音が聞こえて一巻の終わりだった。

わたしはマットレスに戻って座った。説得はいくらかでも効き目があったか？　彼女はバルマー男爵に疑念を持ったか？　それとも、ここから直接男爵の所へ行き、会話の全てを言い付けるのだろうか？　どちらに転ぶのか、分かるまで待つしかない。

しかし何時間経っても彼女は戻って来なかった。あと何時間待てば結果が分かるのだろう？　わたしは焦りに焦った。

彼女が食事も持ってこないと分かったとき、飢えが胃袋をむしばみ始めた。わたしはとんでもない過ちを犯してしまったらしい。

# 第28章　船の形をした棺

わたしは床に横たわり、台の上のマットレスを見上げて女と交わした会話を何度も思いかえしていた。自分は命を落とすような大失態をしでかしたのか？　あの女と何らかの絆を結べればと思い、彼女に現実を気づかせようとした。それは賭けだったが、どうやらわたしはその賭けに負けたらしい。何時間経っても誰も現れない。空腹はますます耐え難くなる。本を返さなければよかったと後悔した。部屋には気を紛らわせてくれる物は何も無い。長期間の幽閉について考えてしまう。囚人は独房に長時間入れられていると少しずつ狂っていくと言う。

女は少なくとも照明は消さずに行った。それが彼女の情けなのかどうかは分からない。出て行くときあんなに怒っていたのだから、消して行ってもおかしくないはずなのに。多分、単に消すのを忘れたのだろう。しかし、このわずかな明かりが、空間の中を行き来するのにとても便利で、わたしには大助かりだった。

もう一度シャワーを浴びてから、トレーにこびりついていたジャムを舐めた。それから、マットレスに横になり、目を閉じて、わたしが育った実家の配置図や、昔読んだ『若草物語』のあらすじを思い浮かべた。

ジュードの顔が浮かんだ。ダメダメ！　今ジュードの事なんて考えられない。わたしが参ってしまう。

結局好きでそうした訳ではなく、やけっぱちで照明を消し、空腹のことは忘れて、眠れるよう努力をした。

眠ったのかどうかはっきりしなかった。うとうとしたのだと思う。しかし時間の経過は感じられた。この長い暗闇の、ある時点でわたしは突然目を覚まされた。何が起きたのか見極めようとドアの方に顔を向けた。心臓がドキンドキンと鳴っていた。何かが暗闇の中に入って来たのか？

高鳴る心臓を抱えながら、わたしはマットレスから下り、手探りでドアに向かった。照明をつけてみると、何も変わっていなかった。

部屋の中は空っぽだった。ちっぽけな付属のトイレも今までと同じだ。わたしは息を止めて耳を澄ませた。廊下からは足音も人の声も気配もなかった。

そこでわたしは気づいた。わたしが目を覚ましたのは、音がしたからではなくて、今まで聞こえていた音が止まったからだった。エンジン音がしていない！

指を折って日数を数えてみた。不確かだが、二十五日の金曜日のはずだ。だとすると、船はベルゲン港に着いている。ここで乗客は全員下船して空路ロンドンへ帰る事になっている。皆はこれから降りるのだろう。すると、わたしはこんな所に一人取り残される事になる。

その現実を前にして、パニックが全身の血管を駆け巡った。皆がこんな近くに居るのに——わたしの頭から二、三メートル上で恐らくまだ眠っている——それなのに、わたしにできる事は何も無い。叫び声も届かない。乗客たちは間もなく荷造りを始めてそのまま下船してしまう。わたしは船の形をした棺の中に取り残される。

考えただけでも耐えられない。わたしは何も考えずに昨日の朝食の食器を手に取ると、それを思い切り天井に投げつけた。

「助けて！」

わたしはあらん限りの声を絞り出して叫んだ。

「誰か聞いて！　わたしはここに閉じ込められている！　お願い、助けて！」

わたしはハアハア喘ぎながら耳を澄ませた。

〈エンジン音が無い今なら叫び声を誰かが聞いてくれるかもしれない〉

返答を示すような床を叩く音も、床を通り抜けるくぐもった声も聞こえなかった。だが、何か別の音が聞こえた。船体の外側に穴を開けているような金属を擦る音だった。わたしは胸を落ち着かせて耳を澄ました。誰か来てくれるのだろうか？　金属の音がまた聞こえて来た。船の側面が振動するのも感じられた。それでようやくピンときた。金属の音はタラップを下ろす音だ、と。乗客たちはまさに今、下船するところだった。

「助けて！」

わたしは叫び、壁を叩いた。

「助けて！　わたしはローー、ここよ、船の中よ！」

答えは無かった。ただ自分のため息と血流の音しか聞こえなかった。

「だれか！　お願い！　助けて！」

わたしは両手のひらで壁を押さえ、船の側面をこすりながら下ろされているタラップを感じようとした。間もなく荷物が滑る感触が——スーツケースが下ろされる——乗客達がタラップを踏む感触が伝わって来た。やがて乗客の動きのすべてを感じる事が出来た。だが、耳には聞こえなかった。わたしは喫水線よりもはるか下に居る。皆は日の当たる甲板の上だ。こんな所でプラスチックの食器を壁にぶつけて出す音など、風の音やカモメの鳴き声や乗客たちの声でかき消されてしまう。

わたしはマットレスの上に身を投げ、うずくまった。両手で押さえた頭を両膝の間に突っ込み、恐怖と絶望に耐えられなくてしゃくりあげた。一度泣き出してしまうともう止まらなかった。

何かに怯えたことは今までにもある。だが、いま置かれているような絶体絶命の絶望的状況は初めてだ。

薄っぺらででこぼこなマットレスの上にひざまづいて泣きじゃくるわたしの脳裏に様々な場面が去来する——ジュードが新聞を読んでいる。母が舌を噛みながらクロスワードパズルに挑戦している。父は調子外れの歌を口ずさみながら日曜恒例の草刈りをしている。こんな場面を一瞬でも見られたら、わたしがまだ生きている事を伝えられたら、わたしは自分が持っているもの全てを捧げていい。
皆は何も疑わずにわたしの帰りを待っているのだろう。わたしが帰らないことを知った時のジュードや両親の失望ぶりが手に取る様に分かる。その後は、望みのない期待を胸にいつまでもいつまでも待つのだろう。全ては誰かの悪だくみのために。いや、もはや誰かではない！

From：ジュード・ルイス
To：ジュード・ルイス、パメラ・クルー、アラン・ブラックロック
BCC：[ 38 Recipients ]
Sent：九月二十九日火曜日
Subject：ロー、現在

皆さん
この知らせをEメールで送るのをお許しください。この二、三日の困難な状況を思えばやむを得ない事をご理解いただけると思います。またわたしどもは、皆様からのご心配、お問い合わせに応えられない状況でした。

今日までのところ皆さまにお知らせできる具体的なものはありません。むしろ、悲惨な臆測がソーシャルメディアで拡散しています。ではありますが、多少なりとニュースと呼べるようなものがわたしどもの所に届きました。残念ながらわたし達が期待するようなものではありません。ローのご両親、パムとアランから親しい友人やご家族に送るよう頼まれました。と言うのも、その一部がマスコミにリークされているからです。これを皆さんがネットでご覧になるのは不本意ですから。

これをお伝えするのに楽な方法などありません。今朝早くわたしはロンドン警視庁から写真の鑑定を頼まれました。ノルウェー警察のこの件を預かっているチームからの依頼だそうです。写真に写っている上着などの衣類は確かにローの物でした。わたしにはすぐわかりました。特にブーツは年代物で、間違いなく彼女のものでした。

この発見で奈落の底に突き落とされたわたし達ですが、わたし自身は結論を保留してノルウェー警察からの更なる情報を待つ事にします。以上がわたしたちが知り得たすべてです。遺体はノルウェー警察にあり、その写真はまだ見ていないので希望は捨てていません。

なおこの件について取材など受けた場合、ローラのプライバシーに留意して発言は慎んでいただきたいと存じます。

ジュード

# PART SEVEN

# 第29章　罪の重み

女は来なかった。

彼女は来なかった。

時はどんどん過ぎて行く。この船形の棺の中で、わたしは横になったまま呼吸する以外は何もできない。一方、ほかの乗船客たちはすぐ近くの別の場所で、話し、笑い、飲み、食べている。棺の中で秒を数え分を数え時間を数えているあいだに、外では、日が昇り、日が沈み、海がうねり、船が揺れて人生が続いていく。

アンネ・バルマーの死体が深い海に浮き沈みしている様子が再びわたしの脳裏をよぎる。彼女はむしろラッキーだった、といじけた解説がわたしに囁く。何故なら、彼女の死は一瞬でもたらされただろうから。恐らくおかしいと思った瞬間に頭に一撃くらわされて終わったのでは。いよいよわたしの番かと思うと頭がおかしくなりそうだ。いずれにせよ、連中は、わたしにはそんな情けはかけてくれまい。

両膝を胸の上で抱えてマットレスに横になり、空腹の事は考えないようにした。食べ物を口にしたのは木曜の朝が最後だった。今は少なくとも金曜日の夜になっているはずだ。腹部が引きつり、ひどい頭痛が続いている。トイレに行くために立ちあがると、めまいがして足がふらつく。わたしの意地悪な忠告が頭の中でささやく。

〈飢えて死ぬのってどう思う? 安らかな死に方だと思った方がいいぞ〉

わたしは目を閉じ、数えはじめた。
一、二、三、息を吸い込んで、四、五、——
〈死ぬまで日数がかかるぞ。早く死にたいなら水を飲まないことだ〉

その時の様子が頭に浮かぶ。冷たくなり、骨と皮だけになったわたしがオレンジ色の布に包まれている。

〈こうぃう光景は毒だ。頭に浮かべないようにしよう〉

わたしは自分に言い聞かせた。

〈では何を考えていればいいのか？　何を？〉

殺人者に囚われたら何を考えればいいのかなど誰も教えていない。母のことを？　ジュードのことを？　愛している全ての者のことを考えればいいのか。永遠の別れが迫っているのだから。

〈そんな時こそ幸せのイメージを頭に浮かべるんだ、バカもん！〉

と自分を叱ったそのとき、廊下の方から物音が聞こえた。わたしは首を傾け聴き耳を立てた。頭に血が上り、今にも気を失いそうだった。

あの女か、それとも、バルマー男爵か？　クソ！

呼吸が速すぎるのが自分でも分かった。心臓の鼓動もどんどん速くなっていた。するとわたしの視界が赤と黒の断片に分かれだした。それっきりだった。目の前が真っ暗になり、わたしはそこで倒れた。

「ファック！　ファック！　ファック！」

涙声で叫ぶ同じ言葉が間近で聞こえた。

「ああ神様、目を覚ましてよ！　お願い！」

「何が……」

わたしはなんとか声を発した。女は安堵のため息をついて言った。

「あんた、大丈夫？　あんまり怖がらせないで！」

目を開けると、女の心配そうな顔が上からわたしを覗いていた。食べ物の匂いが辺りに漂っていて、わたしのお腹がグーグーと音を立てていた。

「ごめんなさいね」

女は早口で言い、わたしの肩を支えて寝台の金具を背に座らせ、背中にクッションをあてがってくれた。女の口はアルコール臭かった。シュナップスかウォッカだろう。

「あんたをほったらかしにするつもりは無かったんだけど、ただちょっと――」

「何――？」

わたしの声はかすれて言葉にならなかった。

「なあに？」

「何曜日、今日は？」

「土曜よ。二十六日の土曜日、遅い時間、真夜中。夕食を持ってきたから」

わたしは空腹が度を越してほとんど病気だった。女が差し出したフルーツの一切れを引ったくり、口に放り込んだ。味が口の中で爆発して、初めてそれが梨だと分かる有り様だった。

土曜日――ほとんど日曜日。時間の経過が長すぎて永遠のように感じられる。これほど参ってしまうのも無理はない。梨を丸ごと一つ平らげても胃袋がグーグー言っているのも無理はない。わたしは食事を与えられずに何時間――計算してみた。木曜の朝から土曜の夕刻まで四十八時間……それから十二時間経過して約六十時間くらいか。間違いないか？頭が痛かったが胃も痛かった。どこもかしこも痛かった。

胃が再び痙攣し出した。

「大変！」

わたしは立ち上がろうとしたが、足がふらついてちゃんと立てなかった。

「ウウッ、もどしそう！」

わたしはトイレに駆け込んだ。女は心配そうに、わたしが便器を抱え込んでもどすまで後ろから支えてくれた。わたしの惨めな状況に責任を感じてか、女は遠慮がちに言った。

「何ならお代わりを用意できるけど。ジャガイモを使った料理があるから、そっちの方があんたの胃に合っているかも」

わたしは答えずに便器を抱えたまま次の行動への間を取った。胃のむかつきは収まったらしい。口を拭ってからゆっくり立ち上がり、手すりで体重を支えながら脚の状態を確かめた。そのあと、ふらつきながら寝台へ戻り、食事のトレーと向き合った。

ジャガイモの角切りは香りも出来栄えも上々だった。フォークを使い、今度は慌てて飲み込んだりせずに、味を噛みしめながらゆっくり口へ運んだ。女はわたしが食べるところを見ていた。

「ごめんなさい」

女は謝罪を繰り返した。

「あんたを罰するにしても、こんな目に遭わせるべきじゃなかった」

冷めたポテトをほおばると、焦げて固くなった皮がカチンと割れておいしかった。

「あなたのお名前は？」

わたしはようやく口を開いた。女は唇を噛み、いったん目を逸らしてからため息をついた。

「教えるべきじゃないと思うけど、別にどうってことないわ。キャリーよ」

〈キャリーね〉

ポテトをもう一口ほおばり、女の名前を頭の中で復習してから呼び掛けた。

「ハーイ、キャリー」

「ハーイ」

気のない返事だった。女はわたしが食べるのをしばらく見てから、そっと部屋の反対側へ行き、壁に寄り掛かった。二人は向かい合ったまましばらく黙っていた。わたしが黙々と食べるのをじっと見ていた女はやがてぶつぶつ言いながらポケットから何か取り出した。

「忘れるところだった。はい、これ！」

ティッシュに包まれていたのはピルだった。わたしは嬉しくて思わず顔をほころばせた。この小さな粒がわたしの不安を鎮めてくれる。安心感で体全体が軽く感じられた。しかしそれよりも――。

「どうもありがとう」

わたしはその一粒を歯の内側に投げ入れて飲み込んだ。それからジュースを口に含んでごくんと飲んだ。

ようやくトレーは空っぽになった。キャリーは向こう側からまだこちらを見ていた。彼女がわたしの食べ終えるのを待っていたなんて初めてだった。それを見て状況を楽観したわたしはちょっと冒険してみたくなった。でも、口には気を付けよう、と自分を戒めた。

しかし、バカを言ってはいけないと思いつつも、口から出かけた言葉は止められなかった。

「これからわたしはどうなるの？」

キャリーと称する女は答えず、足に体重を乗せると、首を振り振りクリーム色のズボンの埃をはらった。女は痛ましいほど痩せていた。アンネ・バルマーを演じるための策なのか、元々痩せていたのか、それは分からない。

「彼は……」

それだけ言ってわたしは唾を飲み込んだ。悪乗りだったが、その点だけは知っておきたかった。

「あいつはわたしを殺すつもりなの？」

キャリーはこの問いにも答えなかった。ただトレーを取り上げ、ドアに手をかけた。後ろ手でドアを閉めようとこちらに顔を向けたとき目が潤んでいた。今にも涙がこぼれそうだった。

ドアを半開きにしたままキャリーは一瞬手を止めた。彼女が何か言うのでは、とわたしは期待して待った。

しかしキャリーは何も言わず首を振っただけだった。涙が頬を伝わって落ちるのが見えた。キャリーは涙を拭うと、怒っている様な動作でドアをぴしゃりと閉め、そのまま行ってしまった。

彼女が居なくなったあと寝台を支えによろよろと立ち上がった。ふと見ると、床に本が一冊置かれていた。今度のは……『クマのプーさん』だった……。

『クマのプーさん』はページをめくるといつも癒しを与えてくれる。わたしがパニック発作を経験する以前からの愛読書だ。わたし自身はいつかクリストファー・ロビンのように世界を征服できたらと思っていた。

元々持ってくるリストにはない本だった。衣類や靴などをスーツケースに放り込んでいたとき、最後の最後でテーブルの上にあったこの本に気づき、旅のストレスの予防になればと荷物に加えて来ただけだった。

その夜の残り時間は、マットレスに横たわり、枕の上に本を広げて、読み古されたページに指を走らせて過ごした。ただ、ほとんどの文章は空で覚えていたから、そのせいもあってか、昔の様な癒しの魔法は発揮されなかった。その代わり、キャリーと交わした会話を頭の中で何度も繰り返し、自分の先行きに何が待っているのかをじっくり考える事が出来た。

結末は二つしかない。

生きて出られるか、死ぬかである。自分がどっちを望むかは語るまでもない。その場のわたしの選択は簡単である。キャリーの助けを借りて脱出すること。それ以外はない。が、果たして彼女の助けが得られるのか？

二、三日前までは、二、三時間前までだったら、わたしは躊躇なく宣言していただろう。あの女の助けを借りるなんて夢想だにしない、と。わたしを殴り、こんな所に押し込め、飢えさせようとした女ではないか。

しかし、今夜は山が動いた。これからについては、はっきりした事は言えない。わたしを座らせた時のあの手つき。わたしが食べ終わるまで待っていてくれたこと。悲しそうな顔。出て行くときの目……彼女が人を殺すなんて有り得ない。

この二、三日の間に何かあって彼女は状況を読めたのでは。この長かった数十時間、彼女が来るのを待つときの時間の経過の遅かったこと。その間どんどんひどくなる飢えはまさに地獄だった。

しかし今になって考えてみると、このつらさは彼女にとっても同じだったのでは。時の経過は、わたし同様に、つらすぎたのでは。そして、この何時間かの間に彼女は誰かと対決して上手くいかず、悶々としていたのでは。その間の彼女の焦りや恐れをわたしは想像できる。まず、わたしが衰弱していくのが計算出来たのだろう。そのうち、半狂乱になってドアを引っ掻いているのではと心配になり、キッチンからそこにある物を盗み出して、トレーに載せてこの部屋に駆けつけたのだろう。

それだけに、ドアを開けてわたしが倒れているのを見たときのキャリーの動転ぶりが推し量れる――来るのが遅すぎた。捕虜が倒れたのは飢えのためか、それとも精神的疲労のためか。

死にかけていたわたしを見たときの彼女の苦悩が手に取るように分かる。陰謀に巻きこまれて人一人を殺してしまった自分なのに、今また二人目を殺したと知ったら。その負い目を背負って生きて行くことに絶望したのでは。

キャリーはわたしの死を望んでなんかいなかった。それだけは確かだ。わたしを殺すなんて筋が通らない。元々わたしが第10客室の件で騒ぎたてたのは、彼女の身を案じての事だった。そのことはキャリーも知っているはずだから。

一方、バルマー男爵は妻の莫大な遺産を計算し、妻が病と闘っているのをいい事に、愛人には死期を迎えた妻を演じさせて世間にそう信じ込ませた。妻が医師から回復を告げられると、冷酷にもその愛人を使って妻殺しを実行させた。そう、そんなバルマー男爵ならわたしを殺すのに躊躇などしないだろう。ずる賢い男だから、自分の身に危険が及ばない方法を選んで実行するに決まっている。

バルマーは今どこにいる？　船は降りただろうか？　キャリーがわたしを飢え死にさせている間のアリバイを作るために。アンネ・バルマーの死に際しても自分は、常に関係のない所に身を置いていた。わたしを殺す際もあらゆる策を使って無関係を装うだろう。

エンジンがゆっくり再始動する音が聞こえて来た。しばらくは音だけだったが、やがて船全体が大きく揺れて動き出した。ベルゲン港を出て闇夜の北海へ戻るのは明らかだ。一体どこを目指して？

# 第30章 告白

目を覚ました時、エンジンは再度停止していた。それでも、四方からの波を受けて船は右に左に大きく揺れていた。ここは何処なのだろう——多分フィヨルドの中か——切り立つ岩壁の頂上と、反対側の岸壁の頂上の間に見える細長い青空。下を見れば、何処までも透き通った青い海。フィヨルドの海には千メートルを超える深さのものもあると言う。底は暗くて冷たい。死体がそんな深さに沈んだら絶対に見つからないだろう。

いま何時だろうと思っていたとき、ドアがノックされ、キャリーがシリアルとマグカップのコーヒーを持って現れた。

「ごめんね。これしか持ってこられなかった。乗客も乗組員もみんな下船しちゃったから、コックたちに疑われずに食事を持ち出すのは難しいのよ」

「乗組員も降りたの？」

　自分で言った言葉にわたしはゾッとなった。

「全員ではないけど。船長は部下数人と一緒に船に居るわ。でも乗船客を世話する係は全員ベルゲンで降りて、一緒に下船したバルマー男爵が催す新しいチームの報告会に参加するんだって」

　だとすると、バルマー男爵はもう船には居ないことになる。その事はキャリーの態度の変化を説明している。

　バルマー男爵が居ない所でわたしはシリアルをゆっくり食べ始めた。キャリーは腰を下ろしてわたしが食べているところを眺めていた。残酷に剃り落とした眉毛、その下の目の悲しげなこと。

「まつ毛は抜かないの？」

　シリアルをほおばりながら聞くと、キャリーは首を振った。

「そこまでは出来なかった。わたしのまつ毛はマスカラ無しではちょっとお粗末なの。だから余計に大切にしているの」

「誰が――」

わたしは言い出してやめてしまったが、本当はこう言うつもりだった。

〈誰がアンネ・バルマーを殺したの?〉

でもやはりそれは言えなかった。もしキャリーに〝自分がやった〟と言われたら、そのショックが怖くてそこまでは聞けなかった。キャリーが聞き返して来た。

「何なの?」

「わたしの――家族にはどう説明したの? 他の乗船客には? 乗客の皆はわたしがトロンヘイムに居ると思っているかしら」

「そういうこと。トロンヘイムでわたしは自分用のかつらをかぶり直し、あんたのパスポートを持って下船したのよ。わたしの事を知っている客室乗務員たちが朝食の準備で忙しい時間帯を狙ってね。その時間帯にタラップで上下船の許諾を与えていたのは乗組員の一人で、乗客の顔などよく分からない男だった。これであんたは船に残っていても下船した事になるわけ。ツイていたのは、あんたもわたしも黒髪だったこと。もしあんたがブロンドだったらどうしようもなかったけど。そのあとでわたしは、アンネ・バルマーとして再乗船したというわけ」

〝ツイている〟とは筋違いだが、これで書類上はつじつまが合う。下船したまま戻って来ないのだから。警察が船内を調べる必要もない訳だ。

「この計画は最後はどうなるの？」

わたしは静かに言った。

「もしあなたが今回来てくれなかったら、どうなっていたかしら」

「わたしはやはりトロンヘイムで降りていたでしょうね」

キャリーは苦しそうな口調で別の可能性を説明した。

「そのときはアンネ・バルマーの名前でね。降りてから服を着替え眉毛を描き、群衆に紛れてバックパッカーの一人になりきるわ。書類上では、死に瀕した病弱な女は跡を残さずにトロンヘイムで消える——そして全てがおさまった後でバルマー男爵とわたしは公のカメラの前に立ち、愛し合う」

「どうしてそんな事になるの、キャリー？」

わたしは絶望して聞きながら舌を噛んでしまった。しかし今はキャリーを敵に回す時ではない。彼女を味方につけなければいけない。そのためには責めるような言い方はいけない、と思いつつも、つい正直な気持ちが出てしまった。

「わたしにはあなたの行動が分からない」

「わたしにも分からない」

そう言ってキャリーは両手に顔をうずめた。

「こんな事になるはずじゃなかった」

「だったら、わたしに話して」

わたしはそう言って、そろそろと手を伸ばしてキャリーのひざの上に置いた。彼女はぶたれるとでも思ったのか、びくっと身を引いた。

キャリーの悪のエネルギーは憎しみからではなく恐れから来ている、とわたしはその時に思った。

「キャリー?」

わたしは催促した。キャリーは視線を外し、わたしと向き合いたくないのか、カーテンに向かって独り言のように話し始めた。

「男爵とわたしはマゼランクラブで出会ったの。ウェイトレスとして働いていたんだけど、その時のわたしは女優として修業中だった。まるでシンデレラストーリーみたいだった。無一文のわたしと億万長者の彼が恋に落ちたんだもの。夢にも見れない様な生活が実現したわ」

キャリーは話すのを止めて唾を飲み込んだ。

「彼が結婚していたのは知っていたけど、その点あの人は正直だった。だからわたしたちは公の場所では一緒に居られなかったし、わたしも彼のことは誰にも話せなかった。男爵の結婚生活はスタートから終わった様なものだったそうよ。妻は意地悪で、口うるさくて。だから二人は別々に暮らしていた。彼女はノルウェーに、男爵はロンドンに。彼は厳しい人生を送って来た人なのよ。母親は彼がまだ赤ん坊の時に家出して、父親は彼が学生の時に死に、彼を一番愛さなくてはいけない妻は一緒に居てやれないなんて。でも彼女は死の病に冒されていて、余命幾ばくもない状態だったから、彼としては離婚の話は持ち出せなかった。残酷すぎるって。それで、わたしたちは、彼の妻が死んだら一緒になろうと……」

キャリーの話は尻切れトンボになった。これで終わって帰って行くのかと思っていると、彼女は再び話し始め、今度は前よりも熱を込めて語り、止まりそうになかった。

「ある夜彼がアイデアを出したの。わたしが彼の妻に化けて一緒に観劇に行き、わざと人目に付こうって。そして彼は妻が好きな日本の着物を持ち出してきてわたしに着せ、ビデオまで見せて立ち居振る舞いをわたしに練習させた。わたしたちは劇場のボックス席に座り、シャンパンを飲んで観劇したわ。まるでゲームみたいで楽しかった」

話は続いた。

「彼の妻がロンドンに居た時も、誰からも疑われる心配は無かったから、同じ事を堂々とやったわ。すると、二、三ヶ月してから彼は新しいアイデアを提案してきたの。最初聞いた時はあまりのばかばかしさに本気に出来なかったわたしだけど、彼って正直で非常識で面白い人だから、結局その気にさせられちゃったのね。新たなアイデアってこういうこと――今度マスコミ関係者を招待する一週間の船旅が企画されていて、最初の夜だけアンネ・バルマーも乗船して皆に顔を見せる事になっているけど、彼女、つまりアンネ・バルマーはその後すぐ船を降りてノルウェーの自宅に帰ってしまう予定だと言う。だから、わたしに船に乗ってアンネ・バルマーを演じないか、そうすればその週たっぷり二人だけの旅を楽しめるではないか、と。わたしが承知すれば、わたしをこっそり船に乗せてくれると言う。わたしの顔は誰にも知られていないから騒がれる事はない、とも。そのあとの事は、あんたも絡んできたからご存知の通り」

キャリーは唾を飲み込み先を続けた。今度は落ち着いて、訴える様な口調になっていた。

「あんたが知らなかった事をこれから話すから、ちゃんと聞いて！」

キャリーは説明を始めた。

「最初の夜、わたしがアンネ・バルマーの服を着ようとしていたとき、男爵が突然部屋に入って来てこんな事を言い出したの。〝ぼく達の関係がアンネにばれちゃって……〟男爵は動転していていつもの彼じゃなかった。〝アンネは頭に来て僕に殴りかかって来たんだ。僕は自分の身を守るために彼女を押しのけようとしたところ、彼女は自分でつまずいて転び、大理石のコーヒーテーブルの角に頭をぶつけて倒れてしまった。暫くしてぼくも落ち着きを取り戻して彼女を起こそうとすると、アンネは既に息をしていなくて脈も無かった。どうすべきか途方にくれながら考えたんだが、もし警察がこの件を捜査するとなると、彼女と争いになった理由を僕が説明しても信用して貰えないと思うんだ。逆にきみが隠れてこの船に乗っているのがバレたら、僕たちが罪に問われる事になりそうなんだ。僕は殺人の実行犯として、きみは計画的犯罪の共犯者として。きみはアンネの服を着てアンネに化けているのだからもうバレバレだ。コールの写真にはアンネの格好をしているきみが写っているし、もう逃げられない〟男爵はそう言ってわたしを説得したのよ」

キャリーはしゃくりあげながら説明を続けた。

「こうなったら解決方法は一つしかないって、つまり、〝アンネの遺体を海に投げ捨てるしかない。あとは知らんぷりを通せばいいんだ。落ち着いたら僕たちは結婚しよう〟って。なのにこんな事になっちゃって！」

キャリーはそう言って泣きじゃくった。

反論が舌先に溜まり、わたしの口が今にも叫びだしそうだった。第一、最初の夜に皆に顔を見せた後、その夜の内に船を降りてノルウェーに帰るって言ったって、パスポートもないし、動いている船からどうやって帰れるんだ！　それに乗組員たちが誰も知らないうちにって、次の日にならないとノルウェーには帰れない！　バカバカしい説明だ。キャリーもバカじゃないんだから、そんなことぐらいは分かるはずだが、ここが女の弱さ。愛する人の言う事を全て肯定して何にも逆らえなくなってしまう。そういう女性は大勢いるが、彼女もその一人なのか。

事の善し悪しよりも自分の願いが叶う方を信じるのが人間の弱さ。キャリーも自分の願いが叶うからこそ男爵の妙な指示を受け入れた訳だから、わたしがここで異論を唱えても、疑念を呈しても、彼女としては聞く耳を持たないだろう。だからわたしは、質問を一つに絞って投げつけた。その答えひとつで、わたしのこれからの全ての考えがひっくり返る。

「わたしはこれからどうなるの？」

「ファック！」

キャリーは立ち上がりざまに両手で髪をかきあげた。スカーフが落ちて、髪の毛が剃り落とされた、つんつるてんの頭皮が現れた。彼女は首を振り振り呟いた。

「分からない！　そんなことわたしに聞かれても分からない！」

「男爵はわたしを殺すつもりよ、キャリー。わたしもあなたも殺されるのよ！」

正直に言って、わたしは本当にそう信じていた。しかし、それがキャリーに伝わっているかどうか自信はなかった。

「お願い、キャリー。お願い、あなたならわたしをここから出す事が出来るのよ。分かっているでしょ！　わたしが証拠を見せてあなたが救ってくれたことを訴えれば……」

「第一！」

キャリーが口を挟んだ。顔が硬直していた。

「わたしは男爵を裏切れない。愛しているのだから。第二に、もしあんたの言うとおりにしても、結局わたしは殺人の共犯者として裁かれるのよ」

「でも、あなたが彼に騙されてやった事を証言すれば……」

「いやいや」

キャリーはわたしに喋らせなかった。

「そんな証言はしない。愛する人を裏切ったりはしない。男爵もわたしを愛してくれている。その事をわたしはよく知っている」

キャリーは言い終えると、ドアの方を向いた。このチャンスを逃してはいけないと直感したわたしは腹をくくった。

〈彼女が巻き込まれているこの不条理な真実にキャリー自身が目を開かなければ！　彼女自身が思い知らなければ！　たとえ彼女に出て行かれても、たとえわたしがこのままこで飢え死にすることになっても、今やらなければ！〉

「あいつはあなたを殺すつもりよ、キャリー！」

既にドアの前に立っているキャリーの背中に向かってわたしは叫んだ。

「分かっているわよね？　まずわたしを殺して、そのあとであなたを殺すつもりよ。だから、あなたにとっても今がラストチャンスなのよ！」

「わたしは彼の事を愛しているから――」

キャリーは言い張ったが、声は壊れていた。

「愛しているから男爵が妻を殺すのを手伝ったわけ？」

「わたしは殺してなんかいない！」

キャリーは大声で叫んだ。悲痛な叫びは狭い空間の中で余計に痛ましかった。こちらに背を向けて立つキャリーの手は既にドアノブを握っていた。子供の様に泣きじゃくる彼女の痩せた体全体が震えていた。

「アンネ・バルマーは死んでいたんだ。少なくとも男爵はそう言っていた。彼女の遺体を入れたスーツケースを部屋に運んできてね。それをわたしは、皆が夕食を取っている間に第10客室に運んでおき、男爵がポーカーをやっている時間帯にベランダから海に投げ込めばそれで良かったん……だけど……」

キャリーはそこまで言うと、こちら向きになり、地面に崩れ落ちた。そして、股の間に頭を沈めた。

「だけど、どうしたの?」

「だけど、スーツケースは重すぎて——彼が重しの様な物を入れたんだと思う——部屋に入れる時ドアの角にぶつけてしまい、その拍子で鍵が外れてしまい、そしたら——」

キャリーは話すのを止め、すすりあげてから吐露した。

「ああ、神様。もうこれ以上は勘弁してください! アンネ・バルマーの顔が——血だらけで——ほんの一瞬目を開けたように見えて——」

「オー!」

わたしは怖さのあまり全身に寒気が走った。

「それって、まさか、彼女を生きたまま投げ捨てたってこと? 違うわよね?」

「わからないっ!」

キャリーは両手で顔を覆った。彼女の声は甲高く、今にもヒステリーの発作が起きそうだった。

「わ、わたしは、ひ、悲鳴を上げて無意識に――で、でも彼女の顔の血に触ってみた。血は冷たかった。もし生きていたら温かいはずだから死んでいたんだと思う。そう思うでしょ？　わたしはそう思った。自分勝手な想像だったのかも――でも死体置き場ではそう言うでしょ？　わたしはどうすることも出来なくて、スーツケースに蓋をしたんだけど、きちんと閉められなかったらしい。ベランダから手すり越しに海へ投げ込んだ時、蓋がパカッと開いて、もう一度見てしまったの、アンネ・バルマーの顔を！　――水面に沈んで行く顔を！　ああ神様……」

語りを終えたキャリーはハアハアと息遣いも荒く、呼吸が苦しそうだった。一方わたしは、彼女の話から真実を探ろうと、また彼女の告白に対して何と答えればいいのか思案していた。

キャリーは再び語り出した。

「そのとき以来眠れなくて。ベッドに横になるたびに考え込んでしまうの。あの時のアンネ・バルマーは生きていたのかもと思って――」

こちらを見上げるキャリーの目に、わたしは初めて、彼女の裸の感情を見た気がした。最初の夜以来ひた隠しにして来た恐怖と良心のとがめを。

「こんな事になるなんて！」

キャリーは壊れた声で言った。

「こんなこと起こるべきじゃなかったんだ。アンネ・バルマーさんにとって一番相応しい死に場所は自宅のベッドの上でしょうに――わたしが――」

「いいのよ、キャリー。今そんなこと言わなくて」

わたしはキャリーの更なる告白を慌てて止めた。

「アンネ・バルマーがどんな死に方をしたにせよ、今あなたが何か言う必要は無いのよ。それよりも、この上わたしを飢え死にさせて、それに耐えて生きていけるの、キャリー？一人の死に対する罪悪感で追い詰められているあなたなのよ。二人も殺すなんてだめ！――お願い――わたしたち二人のためにもわたしを解放して。わたしは何も口外しないって誓う」

わたしが口外しなくても真実は明かされる。何故なら、ＤＮＡや指紋からも調べられるし、アンネ・バルマーがあちこちに残した血痕と同じものがベランダの手すりや男爵の部屋から見つかるだろうから。

それに関してわたしは何も言わなかった。キャリーも何も考えていない様子だった。

キャリーは思いつくままに告白し、のたうち回るうちに呼吸が落ち着いてきてパニックもだいぶ治まっていた。わたしを見上げる彼女の顔には泣き跡が付いていたが、ヒステリー状態から解放されて、気持ちが落ち着いたのか、妙に可愛らしかった。

「キャリー」

期待など出来る状況ではなかったが、わたしはびくびくしながら呼び掛けた。

「考えておくわ」

と意外な返事が返って来た。

キャリーは立ち上がり、トレーを拾い上げようとした。そのとき、彼女の足が、床に落ちていた『クマのプーさん』を蹴飛ばした。キャリーは本を拾い、空いた方の手でページをパラパラとめくった。

「子供の時わたしも好きだった」

キャリーのコメントにわたしはうなずいた。

「わたしも好きだった。百回は読んだと思う。最後が悲しいのよね。そこの所でいつも泣かされて……」

「母さんはわたしの事をいつもティガーって呼んでたんだけど」

キャリーは話を続けた。

「母さんに言わせれば、大失敗しても必ず立ち直れるから、あんたはティガーみたいだって」

キャリーは怪しげに笑い、本を寝台の下に置いてこう付け加えた。

「言っておくけど、今夜の夕食は持ってこられないかもしれない。コックが疑っているの。その代わり、明日の朝食はおまけを付けて来るから。オーケー？」

「オーケー」

と言ったあと、わたしはもうひとこと言いたくなった。反射的だった。

「サンキュー！」

キャリーが居なくなってから考えてしまった。わたしをこんなところに閉じ込め、食事をエサに盲従を強いる女に何故感謝するんだ、と。重症のストックホルム症候群にかかってしまったのか。

そうなのかも。もしそうだとしても、キャリーの方がわたしよりも重症なのでは。それはそれとして、彼女とわたしは捕食者と獲物の関係では決してない。二人とも檻に入れられた獲物なのだ。違いは彼女の檻の方がわたしのよりも少し大きいだけだ。

その日は時間が経つのが遅く、特に苦しかった。もしキャリーがバルマー男爵の陰湿な企みを見破る事が出来なかったら、わたしの命は風前の灯だ。襲ってくる恐怖と空腹から気を紛らわすために、わたしは狭い空間の中で足踏みを続けた。

ベルゲン港でアンネの下船を工作し終えたら、キャリーを出来るだけ早く始末するのが男爵の意図だとわたしは確信できた。目を閉じると、スーツケースの蓋が開き、血だらけのアンネ・バルマーが目を開くさまが頭に浮かぶ。また、ノルウェーの町の歩道を無邪気に歩くキャリーの背後に忍び寄る黒い影も想像できる。

次はわたしが……。

気を紛らわせるため実家やジュードのことを考えた。また『クマのプーさん』のページを何十回も何百回もめくった。暗記しているフレーズの連続が涙の洪水に代わり、疲れ切った体をマットレスに横たえるしかやることが無くなってしまった。

期待していた夕食がなかなか来なかった。キャリーが食事を得るのに失敗したかと思っていた時だった。廊下の方から足音が聞こえた。速足だった。ノックの音を期待したが、代わりに聞こえたのは鍵を開ける音で、ドアがバーンと開くと同時にキャリーのこわばった顔が室内を覗いた。彼女が食事を手にしていないのはひと目見て分かった。しかし、彼女の慌てふためいた顔を見て、空腹の事など頭から吹っ飛んでしまった。

「彼が戻って来るのよ！」

キャリーは囁くような声で叫んだ。

「何ですって？」

「バルマー男爵よ。彼が今夜船に戻って来るのよ！　明日の予定だったのに、今夜帰るってついさっき連絡があったの」

テレグラフ　オンライン
九月二十九日　火曜日
いま入ったばかりのニュース：英国人女性ミス・ローラ・ブラックロックの捜索中、二人目の遺体を発見

# PART EIGHT

# 第31章　逃亡

「彼が帰って来る？」

　わたしは口の中がカラカラになった。

「それはどういうこと？」

「どういうことだと思ってるの？　その前にあんたを下船させなくちゃ。男爵を乗せるために船は三十分間だけ停泊して、その後は――」

その先はキャリーが言わなくてもわたしには想像できた。唾を飲み込もうとしたが、喉が乾いていて飲みこめなかった。キャリーはポケットから何か取り出し、それをわたしに見せた。パスポートだった。しかしわたしのではなく、キャリーのパスポートだった。

「もうこの方法しかないのよ」

そう言うと、キャリーはスカーフを脱ぎ、坊主頭をむき出しにして、着ているものを脱ぎ始めた。

「何をするの?」

「あんたはアンネ・バルマーとして下船するのよ。その後は、わたしに成り済まして飛行機に乗るの。分かった?」

「何ですって? あなたはどうするの? 一緒に下船するんじゃないの?」

「わたしは下船しない。あんたを閉じ込めていたことを乗組員たちにどう説明できる? 〝これがわたしの友達、今まで地下室に閉じ込めておいたの〟なんて言えるわけないでしょ?」

「本当の事を話せばいいじゃない。皆に本当の事を言うのよ!」

キャリーは首を振った。彼女は既に下着だけになっていて、生温かい湿った空気の中でもぶるぶると震えていた。

「乗組員は期待できない。彼らは結局は男爵に雇われているんだから、最悪の場合は……」

「それでどうするの？」

わたしは半ばヒステリーになっていた。

「あなたが船に留まれば、男爵に殺されるわ、キャリー」

「大丈夫。わたしには計画があるから。それよりも、余計な事を言わないで、さっさとわたしの服を着なさい！」

手にすると、彼女の絹の服は羽毛のように軽かった。裸になったキャリーは、骨の節々が皮膚を盛り上げて、ショックなほど痩せていた。

キャリーが言った。

「それじゃあ、わたしはあんたの服をもらうわ」

「えっ、なんですって？」

わたしは思わず自分の下半身を見下ろした。汚れっぱなしで汗臭いジーンズとTシャツと、フードのついたパーカ。どれももう一週間は着たままだ。

「さあ、急いで！」

キャリーの声は鋭かった。

「あんたの靴のサイズは？」

「シックス」

Tシャツを脱いでいる最中だったので、わたしの声はくぐもっていた。

「よかった。わたしと同じだ」

キャリーは自分が履いていたサンダルをわたしの方に押し付けて来た。わたしがブーツとジーンズを脱ぎ捨てると、二人とも下着だけになった。わたしは遠慮がちに彼女が着ていたものを身に着け、キャリーはわたしの汚れた服で手早く身を固めた。

「髪を固く後ろにまとめて、スカーフをかぶる時は特に注意して。あんたの髪を削ぎ落とす時間はないから、スカーフをかぶって誤魔化すのよ。でも、わたしのパスポートで出国する時は髪があった方がいいかも。入国審査で写真を詳しく見られたらやばいから」

「分からない。なぜわたしは自分の名前で出国できないの？　警察はわたしを捜しているでしょうに」

「まず第一に、あんたのパスポートは男爵が持っているの。それに、この辺りには彼の言うことを聞く仲間が大勢いるから油断できない。ビジネス界だけでなく、ノルウェー警察のお偉方にもね。だから、男爵に気づかれないうちにあんたを出来るだけ遠くにやってしまいたいの。海岸から一刻も早く離れた方がいい。そしてどこでもいいから、まずスウェーデンに入国することね。ただ、そこから飛行機で脱出する時はロンドンへ直行しない方がいい。男爵の手先が待ち構えているかもしれないから。どこか別の都会を経由して帰国したらいい。そう、パリなんかいいかも」

「あなた、ちょっとおかしい！」

そう言ったものの、わたしはキャリーの勢いに押されてサンダルを履き、パスポートを着物の袖のポケットらしい所に放り込んだ。一方、キャリーはわたしの年代物のブーツのファスナーを上げていた。それを見てわたしはちょっぴり感傷的になった。わたしの服装品で一番高価なものだったし、ジュードに励まされながら買うのにあんなに時間をかけた思い出の品だ。しかし、そのブーツが今、小さな身代わりになろうとしている。もしかしたらわたしの命の。

二人の服装交換は完了した。頭にかぶるはずのスカーフだけがまだマットレスの上に載っていた。

「座って！」

言われるままに寝台に腰をかけると、キャリーは立ったまま美しいプリント柄のスカーフをわたしの頭に巻き付けた。緑と金の模様のいかにも高価そうなスカーフだった。アンネ・バルマーの――本物のアンネ・バルマーの――あの時の情景が頭にフラッシュする。白い手首が渦巻きながら青緑色の深みに沈んで行く。千もの難破船が沈む闇の海底へ。

「さあ、これでよし、と」

　キャリーはスカーフの結び方を少し直してから、わたしの頭のてっぺんからつま先まで眺めた。

「あなたはアンネほど痩せていないから、完璧という訳にはいかないけど。薄明かりの下での検問だから大丈夫でしょう。わたしも船員たちにはあまり顔を知られてなくてよかった」

　キャリーは腕の時計を見て言った。

「さあ、今よ、わたしを殴って！」

「なんですって？」

　キャリーは意味不明な事を言っている。〝殴れ〟と言われても、何で殴ればいいのだ。

「わたしを殴るのよ！　寝台の金具にわたしの頭を叩きつけて！」

「なんなの？」

　わたしは同じ言葉を繰り返すしかなかった。

「あなた、おかしい！　わたしは殴ったりしませんからね」

「早く殴って！」

　キャリーの顔はどんどん険しくなっていた。

「男爵に信じてもらうにはこれしかないの。あんたを逃がした事がばれたら、どんなことになると思うの？　あんたがわたしを襲って逃げて行った事にするのよ！　さあ！　早く殴って！」

わたしは息を深く吸い込んでからキャリーの頬を殴った。彼女は痛そうに殴られた箇所をさすったが、見るからに不十分だった。頬は赤くなっただけで、そんなのすぐ消えてしまうだろう。

「ああ、もうじれったい！　こんなことまで自分でやれって言うのね？」

そう言い終わらないうちに、キャリーは寝台を支えている金具の部分に自分の顔を思いっ切り叩き付けた。

キャリーの額に傷がぱっくり開き、そこから血がどっと噴き出した。わたしは悲鳴を上げた。彼女がいま着たばかりのわたしのTシャツが、更にその下の床がみるみる血で染まった。キャリーは痛みでよろよろと後ずさりしながら両手で顔を覆った。

「ジーザス」

キャリーはうめいた。

「ああ、神様。この痛みをどうにかして」

床に崩れたキャリーは、呼吸が速く小刻みになっていて、今にも気絶しそうだった。

「キャリー！」

わたしはパニックになり、彼女の横に膝まずいた。

「キャリー、あなた大丈夫？」

「そんなところにひざまずかないで！」

キャリーは叫び、手を振ってわたしを追い払った。

「せっかくのチャンスをぶち壊すつもり？　その着物に血を付けないで！　下船するとき乗組員にとがめられたら終わりよ！　ああ、それにしても痛い！　血が止まらない！　どうしよう、どうしよう！」

わたしはぎこちなく立ち上がり、足首まで届く丈の長い着物に足を取られながらしばらく立っていたが、ようやくどうすべきか悟ると、トイレに飛び込み、ティッシュの束を掴んできた。

「さあ、これを使って」

わたしの声は震えていた。キャリーは顔を上げ、ティッシュを掴むと、それを傷口に当ててマットレスにうずくまった。顔は青ざめていた。

わたしは途方に暮れて聞いた。

「わたしはどうすればいいの？　あなたを放っておけない！」

「放っておいて！　それが一番助かるの。あんたにやられたと男爵が信じてくれたら、あんたもわたしもこの場は無事にやり過ごせるから。さあ、行って！」

　キャリーの声はかすれていた。

「男爵がもうすぐ戻って来るから、その前に消えるのよ。こんな傷は大したことないから」

「キャリー、他にわたしにできることはない？」

「あるわ、二つ」

　キャリーは痛みをこらえて歯をカチカチさせていた。

「その一つは、警察に行くまで二十四時間猶予をちょうだい。オーケー？」

　わたしは同意しかねたが、うなずいた。とても断れる状況ではなかった。

「その二は、早く逃げて！」

　キャリーは囁き声で怒鳴っていた。顔面はぎょっとするほど蒼白だったが、決意の表情が読み取れた。

「わたしは知ってるんだ。そもそもあんたはわたしの事を心配してくれてこんな騒ぎに巻き込まれたのを。今度はわたしがあんたを助ける番なんだ。だからわたしの時間を無駄にしないで。さあ、出て行って！」

「ありがとう」

わたしはかすれ声で礼を言った。それに対してキャリーは何も言わず、ただ手を振ってわたしに出て行くよう合図していた。そして、わたしがドアノブに手をかけた時、わたしの背中に向かって最後のメッセージを投げた。

「第1客室のカードキーがあんたが今着た着物のポケットに入っているから。化粧台の上には五千クローネの入った財布が置いてあって、ノルウェー、スウェーデン、デンマークの通貨が混ざっているけど、約五百ポンド相当よ。全部持って行って。それと、クレジットカードと身分証明書も一緒だけど、クレジットカードの暗証番号までは知らないわ。アンネ・バルマーの物だからね。あんたが自分で何とかして。甲板に出たら、係員にタラップを下ろすよう頼むのよ。命令調でね。男爵のためにあらかじめ下ろしてあれば別だけど。その場の連中には、男爵から電話があって、こちらに向かっているそうだけど途中で合流するんだって説明してやりな」

「わかった」

わたしはささやくような声で答えた。

「港に降りたら出来るだけ早く着替えて、港から出来るだけ早く離れなさい。それだけ」

キャリーは目を固く閉じて後ろに寄り掛かった。わたしが与えたティッシュの束は血で真っ赤に染まっていた。

「ああ、それから、出て行くとき、外から鍵をかけて、わたしを閉じ込める形にして行って」

「閉じ込めて行って本当にそれでいいの？」

「それでいいのよ。男爵には信じてもらわなきゃ」

「でも、もし男爵が来なくてあなたに気づく人がいなかったらどうなるの？」

「男爵は必ず来るから大丈夫」

キャリーの声は苦しそうだった。

「来てわたしが居ないとわかったら、まずこの部屋に来るに決まっている」

「分かった」

わたしはしぶしぶ同意して、逃げるのに必要な事を聞いた。

「ドアの暗証番号は？」

「ドアって？」

キャリーは疲れた目を開けた。

「なんのドア？」

「ここを出たら暗証番号で開けるドアがあるっていつも言ってたじゃないの」

「嘘をついていたの。あんたがわたしを襲って逃げ出さないようにね。ドアなんてないから真っ直ぐ逃げなさい」

「あ、ありがとう、キャリー」

「礼なんて言わないで」

キャリーは再び目を閉じた。

「さあ、スタートするのよ。わたしたち二人のために。そしたらもう、後ろを振り返らないで！」

「分かった」

と言うと、わたしはキャリーに近寄った。分からないが、多分ハグしようとしたんだと思う。だが、彼女の胸部は鮮血で染まっているだけでなく、今も額から血がポタポタと落ちていた。それに彼女が警告したとおり、わたしが着ている着物に血が付いたら、たちまち怪しまれて、誰よりもキャリーに災いをもたらす事になる。

わたしの人生で一番つらい決断だった。出血多量で死んでしまうかもしれない女性に背を向けるなんて。しかも、わたしのために命をかけてくれる女性を置いて行くなんて！

それでも自分がすべきことは動かせない。

「グッバイ、キャリー」

わたしが言っても彼女は返事をしなかった。わたしは逃走を実行した。

廊下は狭く、いままで閉じ込められていた部屋よりも暑苦しかった。茶色の廊下の一方の端には自分がいま出て来た部屋のドアがあり、もう一方の端には階段があり、その踊り場には〝関係者以外立ち入り禁止〟と表示されたドアがある。

階段を目の前にしてわたしは急に悲しくなり、遠くなったドアを振り返った。そのドアの内側ではキャリーが今、出血と闘っている。

それからわたしは急いでステップに足を置き、一歩一歩上り始めた。長らく使っていなかった足はフラフラ、心臓はバクバクだった。汗をかいていたわたしの手は、プラスチックの手すりを上手くつかめず滑ってばかりいた。クリスタルのシャンデリアがぶら下がる豪華な客用階段とは何という違いだろう。わたしは首を振り振り先へ進んだ。

〝修繕部　関係者のみ〟の表示のかかったドアの前を通りすぎ、次の踊り場へ達した。更に上ると、巨大な鉄のドアの前に出た。わたしはハアハアと喘ぎながらドアの前で一息ついた。冷たい汗が背筋に沿って流れていた。ドアの向こう側には何があるのだろう？

下を振り返ると遥か下方に棺のような小部屋のドアが見える。あの中でキャリーが苦しみながら寝台にうずくまっている。わたしはその情景を頭から振り払った。そして、冷血になれ、と自分に命じて、意識を、これから進まなければならない目前のステップに集中させた。

鉄の扉の前に立つわたしの脳裏に、自分のフラットで起きたあの夜の出来事が蘇った。あの時わたしは怖くてドアが開けられなかった。開けたら誰と対峙することになるのか、何があるのか、それが怖くてベッドルームに閉じこもる道を選んだ。あのとき思い切ってドアを開けていたら流血の惨事になっていたかもしれないし、こんな理不尽な囚われ人にならずに済んだかもしれない。

鉄のドアには鍵がかかっていなかった。押したらすんなり開いた。

# 第32章　拳銃

いきなりの光と凄まじい光量にわたしはビンタを張られたような衝撃を受けた。そのあとは目をぱちくりさせて、千のクリスタルが虹の光を放つスワロフスキーのシャンデリアを見上げていた。

仕事用の階段は客用の階段と踊り場で繋がっていた。巨大シャンデリアが昼夜を問わず明るく照らすのは贅沢の極みであり、趣味の良し悪しは別にして、経済を重視する一般的な客船を嘲笑う、拝金主義者たちの空間なのである。

　磨かれた木製の手すりの感触は素晴らしかった。わたしは歩きながら左右を見回した。階段の曲がり角に大きな鏡があり、シャンデリアの光を反射して周囲を明るく照らしていた。

　角を曲がったとき、鏡に映った自分の姿にわたしはどきっとした。装いは完全にアンネ・バルマー男爵夫人だった。緑と金のスカーフを頭からかぶり、長いあいだ囚われていたためだろう、目の表情が変わってしまった。傷つき怯えきった心の内が表れていた。

　鏡に映るもう一人のわたしはいかにも今の自分らしかった。つまり、追われる身のわたしだった。もっと背筋を伸ばしてゆっくり歩け、と自分に命じても、どうしても恐れおののく鼠のような動きになってしまう。

〈早く早く〉

　気だけが焦る。

〈バルマー男爵が帰って来る。もっと奥へ行け〉

　と焦りながらも、わたしは男爵夫人のように、それを演じたキャリーのように、ゆっくり歩き、第1客室がある船首へ向かった。ポケットに突っ込んだ手の汗ばんだ指先が客室のカードキーをもてあそんでいた。この形と固さが部屋に入れる安心感を与えてくれる。

その先で廊下は行き止まりになってしまった。レストランへは行けるが、船首へは行けない事がわかった。クソ！　どこかの角で曲がる場所を間違えたらしい。わたしは後ろを振り向いた。前回、トロンヘイム港に着く前の晩、男爵夫人に会いに行ったとき通った道順を思い出そうとした。あれはつい先週の事だった。まるで一時代前の別の人生のように思える。ちょっと待って。図書室を左ではなく右へ曲がるべきだった！

〈急がなきゃ！　早く行くんだ！〉

焦る気持ちを抑え、顔を上げて後ろを見ないようにしながら同じペースでゆっくり進んだ。いきなり着物を掴まれ身動きできないようにされて、下の階へ引きずり下ろされるような場面は想像しないようにした。右へ曲がって左へ曲がり、倉庫の前を通りすぎた。どうやらこれでいいらしい。壁に掛かっている氷河の写真は前来た時も見た記憶がある。

もう一度角を曲がると、またしても行き止まりだった。狭い階段はあるが、それを上ってもサンデッキがあるだけだ。わたしは泣きたくなった。どうして道案内がないのか？過激派どもに襲われないよう第1客室のようなVIP室はわざと見つけづらくしてあるのか。わたしは前屈みになり、両手で両膝を押さえた。着物の中で筋肉の震えが止まらなかったからだ。そして、自分を取り戻すためにゆっくり呼吸した。泣いてちゃいけない。何とかやれる！　やるんだ。バルマー男爵がタラップを上って来る前に船上からいなくなるんだ！

さあ、息を吸い込んで、一、二、三――療法士のバリーの声が頭の中でこだまする。すると怒りが込み上げて来て、わたしに歩く気力を蘇らせてくれた。

〈さあ、苦しい時こそポジティブ思考を続けるんですよね、バリー先生！〉

わたしはもう一度図書室前に戻り、今度は倉庫を左に曲がってみた。すると突然、その前に出た。第1客室ノーベル、スイートのドアが目の前にあった。

ポケットのカードキーを掴むとアドレナリンが湧きあがり、体中の細胞が活気付くのが分かった。でも、もし男爵が既に部屋に戻っていたらどうする？

ドアを閉め切って負け犬になるのはよせ、ロー！　お前はやれるんだ！　これはやるしかないんだ！　わたしは投げるように素早くキーをスクリーンに当てた。もし部屋に人影があったらキーを捨てて逃げるためだった。だが心配は杞憂だった。部屋に明かりはついていたが誰もいなかった。バスルームのドアもベッドルームのドアも開いたままだった。

部屋に足を踏み入れると、わたしはへなへなと崩れ、深いカーペットにひざまずいた。泣きべそをかいたあとのように込み上げて来て喉が痛かった。しかしこんな所で骨休めしている場合ではない。ここは我が家でもないし家路の半分にも達していない。キャリーが言っていた財布はどこにある？　財布と現金、それにコート！　用意ができたら一刻も早く船を降りて、こんな所とは永遠におさらばするんだ。

ドアを後ろ手で閉め、着物を脱いだ。わたしの慌てふためいた動作は幸い誰にも見られていない。ブラとパンティだけという妙ちくりんな格好で男爵夫人が使っていたらしい衣装用の引き出しを開けてみた。見つけたジーンズはきつすぎて半分も上にあがらなかった。けど、スポーツ用のレギンスははく事が出来た。ブランド不明の黒いトップスも見つけた。

レギンスとトップスの組み合わせで行くことにした。その上から再び着物をはおり帯をしっかり締め、鏡に向かい、スカーフをきちんとかぶり直した。

サングラスをしたかったが、窓に目をやると外は真っ暗だった。ベッドサイドの時計は十一時十五分を指していた。

〈大変！　男爵がいつ戻って来てもおかしくない〉

わたしはキャリーが履いていたサンダルにもう一度足を通し、彼女が言っていた財布は何処かと周囲を探した。埃ひとつ落ちていない化粧台の上には無かった。清掃係が引き出しに仕舞ったのかもと思い、引き出しを手当たり次第に開けてみた。最初の引き出しは空っぽだった。二つ目は同じ模様のスカーフが束ねられてあったので閉めようかとした時、その薄っぺらな布地の下に何やら硬くて平たい物があるのに気づき、布地をよけてみた。

わたしはドキッとして一瞬息が止まった。なんと、そこにあったのは拳銃だった。生まれて初めて見る実物に体が固まった。今にも暴発しそうに見えた。疑問が頭の中を駆け巡った。これを持って行くべきだろうか？　弾は込められているのか？　果たして本物なのか？　しかし、これは愚問だった。おもちゃの拳銃をタンスの中に入れておくバカがいるだろうか。

自分で持っていくかについては、誰かに銃口を向けている自分を想像してみてやめた。第一、使い方を知らないのだから。敵どころか自分を撃ってしまいそうだった。それよりも何よりも、これから警察へ行って訴えを聞いてもらわなければならない身なのに、ポケットに盗んだ拳銃を忍ばせていたら、話を聞いてもらえないどころか、その場で身柄を拘束されてしまうだろう。

半ば惜しみながら、元あったように拳銃の上にスカーフをかぶせ、引き出しを閉めて、財布探しに戻った。

探していた財布は三つ目の引き出しの中の書類の上にあった。使い古した茶色い革の財布で、開けてみたところ、五、六枚のクレジットカードに混ざって札束が見えた。数えている場合ではなかったが、キャリーが言っていたように五千クローネか、もしかしたら、それ以上はありそうだった。それを着物の下にはいていたレギンスのポケットに仕舞い、周囲をもう一度見まわした。一刻も早くその場を離れたかったわたしは、息を吸い込み、ドアを開けた。と、そのとき廊下から話し声が聞こえて来た。急いで逃げた方がいいのか、それとも、とりあえず隠れるのがいいのか一瞬迷って頭がぐらついた。

おべっかを使ったような声がこんな事を言った。

「もちろんお望みの事なら何でもいたします――」

それ以上聞く必要はなかった。わたしは音を立てないようにドアを閉め、照明を消し、ドアを背にして立ちすくんだ。心臓が激しく早鐘を打っていた。手はカチカチに冷え、足はふらついていた。しかし、まずいのは、自分の体と心臓のコントロールが利かなくなっている事だった。パニック発作が起きてしまった。クソ！　クソ！

〈ほら、ローラ、息を深く吸って、一、はい、二、はい……〉

いま自分にできる最大限の努力を払った結果、ようやく背中をドアから引き離す事が出来た。そして、よろよろとベランダへ向かった。ガラスのドアは簡単に開き、わたしは外に出た。北欧の九月の夜の冷たい風は、何日間も外気に触れていなかったわたしの肌には我慢できないほど痛かった。しばらくガラスの手すりに背を預けて立ち、どうしたらいいか考えた。心臓の鼓動がこめかみで、喉で、あばら骨で、音を立てていた。わたしは息を深く吸い込み、船の舳先でベランダがカーブしている所を回り、うずくまって中の様子をうかがった。すると、部屋のドアが開き、廊下から光が差し込むのが見えた。その後すぐ部屋の照明が灯され、その明かりがベランダにまで漏れて来た。わたしは懸命に祈った。

〈あいつがベランダに出て来ませんように！　出て来ませんように！〉

今にもベランダのドアが開く音が聞こえて来そうだった。わたしはガタガタ震えながらそうならないでくれと願いつつも、恐怖の瞬間への覚悟を準備した。

明るい部屋の中を歩き回る男の姿が見えた。男のシルエットはいったんバスルームに消え、やがてトイレを流す音が聞こえ、テレビがつくのが見えた。電話の鳴る音が聞こえ、アンネの名を口にするのが聞こえた。キャリーが何処にいるのか聞いているのだろうか。すぐ捜し始めるのか。電話は終わった。少なくとも男は話し終え、その大きな影をベッドに投げた。真っ白い長方形の中に黒いシルエットが横たわった。

凍える寒さの中でわたしは少しでも体を温めようと小刻みに足踏みを続けていた。しかし、暗いベランダの様子が明るい部屋の何かに反射して見えてしまわないかと、それが心配で大きな動きはしなかった。

寒さの中だが、夜空は信じられないほど美しかった。それにつられてわたしはベランダに出てから初めて周囲の夜景を見回した。船は何処かのフィヨルドの奥深くを進んでいた。切り立つ岩壁が左右にそびえ、底知れぬ海の水面は黒く静かだ。

フィヨルドの遥か彼方には民家の明かりが点々と見え、ランタンを灯した船は黒い水面を白波で二等分しながら進んで行く。

信じがたいほど美しい星空のアーチが地上のあらゆる営みを覆っている。営みの中には悲劇もある。罠に囚われた動物のようにキャリーが血を流して倒れている。

〈ああ、神様、早く彼女が見つかるように思し召しください。彼女に万一の事があったら、わたしは耐えられません。彼女の無茶な計画に乗ってしまったのはわたしなんですから〉

わたしは寒さに耐え、ぶるぶる震えながら男爵が眠りに落ちるのを待った。しかし、彼は明かりを少し暗くしただけで、テレビを見続けていた。青や緑の反射光が部屋を照らす中、時折りカットインする黒い光。

わたしは足踏みを続け、凍えた手を脇の下に入れて温めた。

もし男爵がテレビをつけたまま眠りに落ちたら、その横を通り抜けて行く勇気がわたしにあるかどうか自信がなかった。殺人者の数センチ横を忍び足で通り抜けて行くなんてとてもできそうになかった。

他にどんな方法がある？　彼がキャリーを捜しに行くのを待つと言うのはどうだろう？

その時何かが耳に入って来てドキッとした。ボーッとしていた気持ちをハッと蘇らせる音だ。船がエンジンを再始動させた音だった。パニックで体全体が固まった。わたしは意識を集中させて考えた――タラップはまだ下りたままかもしれない。使えるチャンスはある。ハール港を出た時もタラップが引き上げられる音を聞いたけど、あの時も、船は動き出す前に長いことエンジン音を響かせていた。

しかし時間は限られている。あと三十分か？　十五分か？　船に乗船客は居ないのだから長くとどまっている理由はないはずだ。どうすべきか決断できなくて、わたしはその場に突っ立ったままでいた。男爵は眠っているのか？　このままその横をすり抜けていけるか？　バルコニーからではぼやけていて細かい事までよく見えない。首をかしげ音を立てないよう、ベランダのドアをそっと開けて部屋の中を覗いて見た。ちょうどそのとき男爵は寝返りを打ち、手を伸ばしてグラスの水を飲むと、グラスを元の場所に戻した。わたしは慌てて顔を引っ込めた。心臓がドキドキと鳴っていた。クソッ！　もう午前一時だというのに、なぜ男爵は眠らないのだ。キャリーが現れるのを待っているのか。だけど、こっちは今すぐ船を降りなければならない。今すぐにだ！

〈いったいなんの因果でわたしがこんな目に遭わされなければいけないの？　あの時たまたま運悪く妙な場面に居合わせただけなのに！〉

隣の部屋を通り抜けてタラップに行く方法を思い付いた。それにはまず、ベランダを部屋ごとに区切っているガラスの高い仕切りを乗り越えなければならない。それさえ出来れば部屋へは窓から入れる。窓は外から開けられる構造になっている。タラップで係員にどんな芝居を打たなければならないか、それは出たとこ勝負で行くしかない。やるっきゃないんだ。気の毒なアンネのため！　犠牲を買って出てくれたキャリーのため！

いや、違う。わたし自身のために！

わたしは自分の優雅な着物姿に目を落とした。これではこの高いガラスの仕切りは乗り越えられない。まず、帯をほどき、手触りの良い絹の着物を床に脱ぎ落とした。それを小さく畳んで結わえ、隣りのベランダに投げ入れた。音はほとんどしなかった。それから、改めて高い仕切りを見上げてため息をついた。梯子のような物がなければ登れないのは明々白々だ。だが、ベランダのガラスの手すりなら胸の高さだし自分でも登れそうだ。だから、まずそれに登り、上手く跨げば仕切りの塀の上に立つことができる。だが一つ問題がある。仕切りの塀が海にせり出していることだ。

水深恐怖症なるものにかかったことのないわたしだが、さすがに黒い大波が船の側面にぶつかってくるのを目にすると、胃にズシンときて、船酔いとは違う眩暈に襲われてしまう。

クソッ！　クソッ！　これをやらなくてはならないのか！　当たり前。それ以外に道は無いのだから。わたしは手の汗をレギンスで拭い、息を吸い込んだ。簡単ではないが、出来ない事ではない。事実、キャリーはわたしの部屋に侵入するとき同じ事をしている。キャリーに出来るならわたしにだって出来る。

まず慎重にガラスの手すりに登り、ありったけの力を込めて仕切りの塀を跨いだ。わたしの左側には、隣のベランダが見え、右側の真下にはフィヨルドの黒いうねりが揺れている。本当に怖いのはどちら側なのか？　いや、一番怖いのは、自分の動きが男爵に見つかってしまうことだ。わたしは滑らないように両脚に力を込めた。難しいのはこれからだ。

恐怖と疲れを振り払い、仕切り塀をしっかりつかんで片足を上げた。あとは、体をぐるっと回転させて隣のベランダにずり落ちて行けばいい。そう、そういう具合に。

冷えた指先がガラスの面を滑る。この真新しい豪華客船はすべてがピカピカつるつるに仕上げられている。何とかならないのか。ガラスにひびが入っているとか、凹凸ができていたら指が掛かって好都合なのに。片足を上げた時、サンダルを履いたままはまずかった事に気づいた。この寒さの中で足を保護するために履いたままでいたら、それがあだとなった。かかとが仕切り塀の角に引っ掛かり、体がグラッとなった。あわててガラスの表面にしがみ付いたが、滑りは止められなかった。一センチ、また一センチと体がずり落ちて行った。どうすることも出来なかった。叫び声など上げられるはずもなかった。

恐怖の瞬間冷たい風が頬を打った。闇の中でなびく髪の毛。わたしの手はまだ何かを掴もうとしていた。しかし、握れるのは空気だけだった。

フィヨルドの計り知れない深みに向かってわたしは後ろ向きのまま落ちて行った。

銃で撃たれたような衝撃だった。海中に没すると同時に肺に溜まっていた息が全部吐き出されてしまった。凍るように冷たい水の中で口から吐き出されたあぶくが、海面に向かって浮遊して行くのが見えた。骨まで冷え切った体は浮かぶどころか更に深く沈んだ。息が出来ない苦しさの中で、海底から沸き上がる心地良い流れがわたしの足を引っ張った。

# 第33章　ホテルの支配人

海に沈んで行く時の事はよく覚えていない。全身が麻痺する冷たさの中で一つだけ記憶にあるのは、流れに足を引っ張られた時の自分のパニックぶりだ。心地良さとは裏腹に、いよいよ死ぬんだと知った時の恐怖だ。

キックするんだ！　わたしは自分の足に命じた。息が喉につかえるのを感じながら暗闇の中で冷たい水を蹴った。死にたくなかった。何度か蹴っているうちに足が水を捉えた。

やれることはそれしかなかった。肺が悲鳴を上げていた。今すぐ水面に上がれなかったら死ぬのは必定だった。水の流れがわたしの足をつかんで暗い海の底に引っ張ろうとした。差し迫る恐怖と絶望の中でわたしは蹴り続けた。深い海の中では海面がどっちの方向にあるか分からなくなる。もし反対の方向に蹴っていたらどうなる？　そんな心配をよそにわたしは蹴った。生への執着心だった。

〈おまえはもうじき死ぬ〉

わたしの頭のどこかが告げていた。それに応える様にわたしは蹴った。塩水が染みて痛いので目を閉じた。すると、パニック発作の時とそっくりな火花が目頭に散った。しかし、信じられない事に、目を開けて上を見ると月影が水面で揺れているのが見えた。わたしは月影にひっぱられるようにどんどん浮かんで行った。潮流が急に弛んだ。と、わたしの顔は大きな叫び声と共に海面を突き破って外に出た。咳が何度も何度も出て止まらなかった。

舷側はすぐ側だった。エンジン音も波を伝わって来て心音のように脈打って聞こえた。今こそ力いっぱい泳がねばと思った。低体温症で死ぬのが怖かったからではない。今もし船が動き出したら、こんな近くにいるのに置いてきぼりを食うことになる。この何日間の自分のツキのなさを見れば分かる。どうやらわたしはこの辺りの神様に好かれていないらしい。

震えながらも型を決めて泳ぎ、船の先端付近で動きを止め、顔を上げて辺りを見回した。埠頭側に街灯が並んでいるのが見え、岸に上がるための黒い梯子らしいものも見えた。一人で舷側によじ登る事なんて出来る訳ないのだから、とりあえず、そちらに向かって泳ぐことにした。体が硬くて思うように動かなかったが、それに鞭打って進み、街灯が並ぶ岸を目指した。波が顔に当たる度に咳をして水を吐いていたが、岸辺に近づくにつれ妙な物が顔に当たるようになった。柔らかくて気持ちが悪いのでよく見ると、鼠の死骸や腐った魚だった。しかし、生きて陸に上がれるならそんな事はどうでもよかった。

埠頭まで二、三十メートルぐらいだと見ていたが、どうしたものか、泳いでも泳いでも辿り着けなくて、岸がどんどん遠ざかっているようにさえ思えた。

しかし、やっとのことで、感覚がなくなった指先がさびた梯子に触れる所まで泳ぎ切ることが出来た。あとは何度もステップに足を滑らせながら、骨の髄まで冷えた体を岸に上げるだけだった。

わたしはコンクリートの上に倒れたまま、喘ぎ、もどし、震えていた。やがて四つん這いになって辺りを見回した。最初は停泊中のオーロラ号に、次に目の前の小さな町に。

ここがベルゲン港ではあり得なかった。何処だかは分からなかった。村とも呼べないようなちっぽけな町で、こんな時刻だから人っ子一人歩いていなかった。埠頭に並ぶ中途半端なバーや商店はいずれもシャッターを下ろしていた。誰かいて、頼めば店を開けてくれそうな施設が一軒だけあった。埠頭を見下ろす所に建つ小さなホテルだった。

わたしは震えながら立ち上がり、海際ぎりぎりの手すりに身をもたせ、ホテルに向かってよろよろと歩きだした。歩くと言うより半ば這っていた。

オーロラ号のエンジンはさらに回転数を上げ、今にも出発しそうだった。事実、そのすぐあと、わたしがコンクリートの広場を横切っている時、恐る恐る後ろを見ると船が動き出すのが見えた。波を蹴散らす音さえ聞こえていた。

ホテルの玄関に着き、ドアをノックしたとき、足ががくがくで立っているのもやっとだった。

「いま開けますから、少々お待ちください」

と中から声が聞こえ、ドアが開くと同時に暖かい空気がわたしを包んだ。わたしは自分で姿勢を正し、敷居を跨いで安全圏に入った。

三十分後のわたしは、湾が見渡せるぼんやりと明かりが灯ったガラス張りのテラスで、赤い化学繊維の毛布にくるまれ、籐のアームチェアーに背を丸めて座っていた。手にコーヒーカップを手にしていたが、疲れていて飲む元気もなかった。背後で喋る声が聞こえていたが、ノルウェー語らしく意味が分からなかった。まるで何日間も眠っていないような――実際にそのとおりだった――強烈な眠さに襲われていた。首が何度も胸に落ちて、そのたびにハッとして現実の恐怖に目覚める、といった具合だった。あの豪華客船の船底で、棺のような狭い中に閉じ込められていた悪夢は現実にあったことなのか？　それとも、すべては一連の長い妄想だったのか？　わたしは半分眠りながら暗い湾を眺めていた。すでに遠くの一点になったオーロラ号はフィヨルドを西に向かって進んでいた。と、そのとき、背後から呼びかけられた。

「ミス？」

見ると、名札をひん曲げて付けた男が立っていた。名札の字は〝支配人エリック・フォッサム〟と読めた。男はベッドから引っ張り出されたらしく、髪はぼさぼさで、無精髭の顎を撫でながら、向かいのひじ掛け椅子に腰を下ろした。

「ハロー」

わたしは元気なく答えた。

チェックインした時、フロントにいた係員には説明してあった。当たり障りのないところまでは、と言うよりは、相手に英語が通じる限度内でこちらの事情は説明しておいた。

しかし、フロントで応対した相手はどう見てもポーターだった。スペイン人かトルコ人らしく、英語よりノルウェー語がしゃべれて——と言っても日常の作業でお決まりの問答に使える程度で、事件絡みの込み入った話など理解出来るはずもなかった。

そのポーターがいま目の前で支配人に報告していた。わたしが持っていた唯一の身分を証明するもの——アンネ・バルマーのものだったが——を支配人に示し、低い声で何度もわたしの実名を口にしていた。

向かいの椅子に座った支配人は手を組み、神経質そうに笑みを浮かべて話し始めた。

「ブラックロックさん、ですね?」

わたしはうなずいた。

「よく分かりませんね。うちの夜勤の当番の話ではアンネ・バルマーさんのクレジットカードをお持ちだとか。どういうことでしょう? アンネさんもバルマー男爵も、たまにわたしどもの所に泊まられて、わたしもよく存じ上げております。お客様はアンネさんの友達か何かですか?」

わたしは顔を両手で覆った。

「話せば長くなるんです。すみませんが、電話を拝借できません? 警察に連絡したいので——」

頭からかぶるスカーフが無くてはアンネに化けてやり過ごす事は出来ない。キャリーのパスポートがなければキャリーの振りは出来ない。両方とも泳いでいるときに無くしてしまった。アンネの財布だけがレギンスのポケットから落ちずに残っていた。支配人は同情の口調で答えた。

「もちろんです。よかったらわたしが代わって話しましょう。英語の話せる警察官は夜間は勤務していないし。警察署はこの町にはありません。一番近いところでも、ここから数時間も行かないと——それにしても、連絡がついてこちらに来てもらえるのは明日になってからでしょう」

「警察には緊急要件だと伝えてください」

わたしは投げやりな、疲れ切った声しか出せなかった。

「早ければ早いほど助かります。宿泊代は払いますから——お金は持っています」

「その事はご心配なく」

支配人はにっこりして言った。

「コーヒーをお代わりしましょうか?」

「いえ、結構です。それよりも、なるべく早く来てくれるよう頼んでください。人の命がかかっているんです」

支配人はうなずくと、電話をかけにフロントへ移動した。わたしは腰を折って両手に顔をうずめた。まぶたがくっついて眠ってしまいそうだった。すぐにフロントの方から受話器を外す音に続いてダイヤルの音が聞こえて来た。長距離電話らしかった。相手が出て、短いやり取りがあってから、支配人の話すノルウェー語の中で〝ホテル〟という単語だけ聞き取れた。そのあとは大きな声でノルウェー語が話され、わたしの名が二回と、アンネの名が一回聞こえた。相手は聞いている報告が信じられないのか、支配人は同じ調子のノルウェー語を繰り返すと、最後は笑って「タック、タック、ファルベル、リチャード」と付け加えた。わたしはドキッとして両手から顔を上げた。〝リチャード〟とはバルマー・リチャードの意味ではないか。全身に寒気が走った。

遠くの湾に浮かぶオーロラ号に目をやると、気のせいか、いまちょうど止まったように見えた。

わたしはもうしばらく船の動きを観察した。湾内の構造物との位置関係から判断して船は前進していないと断言できた。そればかりか、みるみる向きを変えてこちらに向かって戻ってくるではないか。

支配人は電話を切ると、別の番号をかけ始めた。

「ポリティエ、タック」

支配人は相手に呼び掛けた。わたしは体が凍りついてしばらく動けなかった。キャリーの警告は決して大げさではなかった。信じなかったわたしが甘かった。リチャード・バルマーなる男は隠然たる勢力を持ち、にらみの利かせ方も半端ではなかった。

わたしはコーヒーカップをテーブルにそっと置くと、赤い毛布を音を立てないように床に落とし、テラスのドアを慎重に開け、そのまま暗い外へ出た。

# 第34章　決断

生への執着心がわたしに駆け出す力を与えてくれた。小さな町の曲がりくねった道をわたしは駆けた。裸足に石が食い込み、痛みで顔を歪めたまま走った。すぐに町が過ぎ、街灯もなくなり、暗く冷たい中を、見えない溝や、濡れた草や、砂利に足を取られては転び、次第に感覚も鈍くなり、石を踏んでも傷を負っても何も感じなくなった。

それでも、わたしは走るのをやめなかった。リチャード・バルマーから少しでも遠くへ行きたかった。そのうち力が尽きる事は分かっていたが、走れるだけ走って、隠れる場所を見つけたかった。

しかしながら、ついに力尽きる時がやって来た。わたしは肩を大きく揺らして息を吐きながらふらふらと歩いた。苦しくて今にも倒れそうだった。フィヨルドの崖の曲がりくねった道は前方で暗がりに消え、わたしは百メートルごとに後ろを振り返り、警戒しながら進んだ。進むほどに海は近づき、道が海側に出るたびにオーロラ号が湾に浮かんでいるのが見えた。

頭上の空が白みかけていた。夜明けが来たらしい。

〈それで、神様、今日は何曜日になるんでしょう？　月曜日ですか？〉

しかし、様子がちょっとおかしかった。二、三の誤解を解いて、何が間違いか分かった。光は東ではなく北の空を染めていた。という事は、光は夜明けの太陽光ではなくて、極北の夜空を緑と金色に輝かすオーロラだった。「オーロラを見ずして死ぬことなかれ」なんてバルマー男爵は船上で力説していたが、わたしは期せずして実物を目撃することが出来た。しかし、今は特段嬉しくない。そんな事を喜んでいるゆとりはなかった。

男爵の事を考えると自然に足が前に出る。一歩進むごとにキャリーの警告が思い出される。バルマー男爵の勢力圏から一刻も早く出た方がいい、とキャリーは力説していた。

それが誇張でないと今にして分かった。キャリーの言う事を聞いていたら、ホテルのフロントでアンネのクレジットカードなど絶対に見せなかったろうし、支配人に事件のいきさつなど語らなかったろう。

この予期せぬ逃走で悔やまれる事が一つある。凍てつく寒さの中で、薄着姿の今だからこそそれが余計に悔やまれる。と言うのは、キャリーが用意してくれた五千クローネ入りの財布をホテルの机の上に置いてきてしまったのだ。バカ！　バカ！　バカ！　いずれホテルへやって来る男爵へのプレゼントになってしまう。文字通りの無一文になり、これからわたしはどうすればいいのだ。身分証も無いから、どの宿も泊めてくれないだろう。無一文だから、チョコバー一本買えない。ましてや列車の切符など買えるはずもない。唯一の希望は警察署が見つかる事だ。しかし、何処をどう歩けば警察署に辿り着ける？　そして、警察署に着けたとして、そこで事実を語っても大丈夫なのか？

そんな事を考えていた時、後ろから自動車のエンジン音が聞こえて来た。振り返って見ると、一台の車が猛スピードで角を曲がって来た。こんな夜に歩行者などいないと踏んでスピードを出していたのだろう。

わたしは道路脇へ飛びのいた。落ちた所は、下のフィヨルドに通じる水道らしく、深く掘りこまれた溝に水が流れていた。わたしは再びびしょ濡れになったばかりか、ズボンは破れ、体のあちこちに傷を負ってしまった。

自動車は急停車し、わたしの頭上五メートルぐらいの所で停まった。テールランプで赤く染まる排気ガスが見え、道を歩く足音が聞こえた。男爵か？　その仲間か？　ここから早く逃げなくては——立ち上がろうとしたが、くるぶしが痛くて出来なかった。もう一度ゆっくり立ってみたが、あまりの痛さに泣きべそをかく始末だった。

足音のあと、車のライトを遮る男のシルエットが見えた。シルエットはわたしのいる水路を覗き込んだ。男はノルウェー語で呼び掛けて来た。わたしは手と首を振って英語で応えた。

「ノルウェー語は分かりません」

声に泣きべそが混じらないように気をつけた。

「英語は話せませんか？」

「話せるけど——どうしたんだい？」

男の答えは確かに英語だが、訛りがひどかった。

「さあ、手を貸して、引き上げてやるから——」

男が差し出す手を前に、どうしようかわたしは一瞬迷った。しかし、誰かの助けを借りなくては水路から出られそうもないし、もしこの男がわたしをやっつけたいなら、そのまま降りて来て手を下せばいいはずだ。水路が格好の隠れ蓑になるだろう。それに、わたしだって、逃げ出すには、とりあえず道路に出た方がいいに決まっている。車のライトがまぶしくて、わたしは目を手で覆った。シルエットの中で見えたのは帽子の下の金髪だけだった。それでも、男がリチャードでないことだけは確認できた。

「さあ、手を貸して！」

男は少しいらいらした口調で同じ言葉を繰り返した。

「怪我でもしているのか？」

「いえ、大丈夫です。ただ、くるぶしが痛くて――折れてはいないと思うんだけど――」

「ほら、一度その石の上に乗って」

男は大きな岩を指差した。

「それから上へ引っ張るから」

わたしはうなずき、丈夫な方の足を石の上に置くと、右手を前に差し出した。男は痛いほどの力でわたしの腕を掴むと、足元の岩をテコに、掛け声と共にわたしを引っ張り上げた。膝だけでなく、握られた手も痛くて悲鳴を上げたものの、わたしは何とか我慢して水路から出て道の端に立つことが出来た。

「こんな所で何をしているんだね？」

心配そうな男の口調だった。

「道に迷ったかね？　事故にでもあったのか？　この道は頂上に通じているだけで、観光客が来るような場所じゃないけど」

わたしは答えようとしたが、その前に二つの事実に気づいた。

一つは、男は腰に拳銃らしきものをぶら下げていた。二つ目は、男が運転していた車は警察車両だった。わたしが震えながら立っていた時も車の中から呼び出し音のようなものが聞こえていた。

「あのう、実は――」

わたしは自分を落ち着かせようとした。警察官は一歩前に出ると、帽子をかぶり直して顔をしかめた。

「名前は？」

「わたしの――」

わたしは言いかけてやめた。そのとき再び呼び出し音が聞こえた。警察官は指を上げて合図した。

「ちょっと待ってね」

警察官が腰にぶら下げていたのは、拳銃ではなく、実は、警察無線の受信機だった。彼は腰からそれを取り出し、一言二言話してから車へ行き、そこで長話を始めた。

「ヤー……」

彼の話す声が聞こえていたが、ノルウェー語だったので意味が分からなかった。窓越しにわたしの方を覗く警察官とその様子を見るわたしは、目と目が合った。彼の目にあったのは疑惑の表情だった。

「ヤー……」

全く同じ言葉が聞こえた。「……ブラックロック」と、わたしの名も聞き取れた。

その瞬間から、すべての動きがスローモーションになった。わたしの迷いは確信に変わった。今がその時だ！　迷っていたら、全てが無に帰する。いま逃げ出すのは間違いかもしれない。が、逃げ出さなかったら殺されて、これからの事は何も知らぬまま一巻の終わりということになる。そんなのは嫌だ。同じリスクを踏むなら、前者の方がいい。

わたしは一秒だけ待った。その短いあいだに警察官はレシーバーを元に戻し、ダッシュボードから何かを取り出した。

どうするのが一番いいのか。決断がぐらつく中で、キャリーの言うことを信じなかったばかりに、全てがめちゃくちゃになってしまった今の現実を思い返した。

〈痛いのは我慢するしかない！〉

わたしは勇気を振り絞って走り出した。さっきまでは上り坂だったが、今度は下り坂だ。フィヨルドの岩場をぐるぐると回りながら海へ向かって降りて行く。クロスカントリーの要領だ。

# 第35章　国番号44

白みかけた空の下、もうこれ以上走れない、と足が動かなくなった。体中の筋肉が自分の命令を聞かなくなっていた。わたしは歩くことさえやめ、酔っぱらいのように、あっちへよろよろ、こっちへよろよろとふらつく有り様だった。切り株を跨ごうとした時などは膝が反対に折れたような気がした。わたしはやむなく止まった。止まらなかったら、この場で倒れて、それで終わりになるのだろう。こんな田舎で死んだら、遺体は誰にも発見されないまま土と化すにちがいない。

屋根の下で眠りたかった。しかし今は一般の道路から外れてしまっているので、民家の明かりさえ見えない。携帯もお金も無くて、今の時刻すら分からない。込み上げて来て一人で泣き出してしまった。と、その時、木立の間から何かが見えた。細長い家の様な形だ。家畜小屋だろうか？　思わぬ発見が足に最後のひと歩きの力を与えてくれた。わたしはよろけながら林を抜け、針金で出来た粗末な門を通り、泥の道を進んだ。思ったとおり家畜小屋だった。板張りはあちこちが剥げ、ブリキの屋根は錆びてひん曲がっていた。

小屋には毛むくじゃらな馬が二頭いて、わたしが通り過ぎると、不思議そうに頭を上げた。やがて一頭が小屋の前に置いてある桶に首を伸ばして水を飲み始めた。水の表面は夜明けの光を反射してピンクと黄金色に染まっていた。桶の水を見てわたしの胸は天にも登らんほどに舞い上がった。

わたしは桶の前に転げると、地面に膝をつき、両手をひしゃくにして水を飲んだ。雨水をバケツにためた水だから、土臭くてゴミ臭くて、金属臭かった。が、そんな事は無視して何杯も飲んだ。カラカラに渇いた喉を潤せるなら臭いや味などはどうでもよかった。十分に満足するまで飲んでしまうと、腰を上げて辺りを見回した。納屋のドアは閉まっていたが、カンヌキを外すとばたんと開いた。わたしは用心しながら中へ入り、後ろ手でドアを閉めた。枯れ草がいっぱい積まれていた。馬の飼料なのだろう。束ねられているものもあった。壁には馬用の毛布が二枚掛かっていた。疲れでよたよたしながらわたしは馬用の毛布を一枚外し、深く積まれた枯れ草の上に広げた。鼠が居ようがシラミが居ようが、バルマー男爵が嗅ぎつけようが、もうそんな事はどうでもよかった。奴らに連れて行かれるのなら、その前にゆっくり眠らせてほしかった。

手製のベッドが出来たら、それに横になり、もう一枚の毛布を体の上にかけた。わたしはすぐ眠りに落ちた。

「ハロー――!」

頭の中で誰かに呼びかけられた。痛いぐらいの大きな声だった。目を開けようとしたが、照明を当てられ、眩しくてよく開かなかった。

白ひげの老人の顔が間近からわたしを覗き込んでいた。その栗色の涙目には驚きと心配そうな表情が浮かんでいた。わたしは目をぱちくりさせて首を引っ込めた。胸は音が聞こえるぐらいドキドキしていた。立ち上がろうとしたが、くるぶしが痛くてうずくまってしまった。老人はノルウェー語で何か言いながら、わたしの腕を支えてくれたが、わたしは何も考えずにそれを払いのけ、はずみで床に転げてしまった。

二人はしばしお互いを見つめ合った。老人はわたしのレギンスの破れた箇所や出血している傷に目をやり、わたしの方は、老人の皺だらけの顔から目が離せなかった。老人の後ろでは犬がぐるぐる回りながら盛んに吠えていた。

「コム！」

老人はわたしの腰を叩きながら動きだし、傷付いた動物をいたわる様な仕草でわたしを抱え、外へ連れ出そうとした。わたしはやっと冷静さを取り戻して老人に尋ねた。

「あなたは誰ですか？　そしてここはどこですか？」

「コンラッド・ホルスト」

老人は自分を指差してわたしの問いに答えると、財布を取り出し、写真を探してわたしに見せてくれた。白髪で頬がピンクの婦人が二人の金髪の幼子を抱いている家族写真だった。老人は子供たちを指差して言った。

「ベリー　ボンボン」

それから、老人はドアの外に留めてあるオンボロのボルボを指差した。

「コム！」

それでも、わたしはどうしようか迷っていた。彼の奥さんや孫の写真には確かに安心できるものがある。しかし、強姦犯や殺人犯にだって子や孫がいて、それらの写真を見せられたら可愛いと思えるだろう。

とは言え、この人に限っては、見た通りの善良な老人なのでは。もしかしたら、奥さんは英語を話せるかもしれない。何よりも、かによりも、わたしが欲しいのは、電話を使わせてもらうことだ。

わたしは自分の足に目を落とした。膝の部分は腫れあがり、普通の状態の倍もの大きさになっていた。これではすぐそこの車の所に行くにも這って行くしかない。老人はいったん差し出した手を引っ込めて、如何にもわたしに選択権を与えてくれている様なジェスチャーを示したが、実際のところわたしは老人に従うしかなかった。

老人の支えに身をゆだねて、わたしは何とか車に乗りこんだ。

車で走ってみてよく分かった。一昨晩わたしが走った距離は半端じゃなかった、と。

この辺りの樹木の生い茂った平地からだと、フィヨルドの水面は見えない。車は、道路らしき道に入るまで、凸凹の泥道を長いこと走らねばならなかった。ようやくアスファルトの道路に入ったとき、探し求めていた文明の利器がラジオの下にある事に気づいた。アンティークショップでしか見られないような旧型のモバイルフォンだが、電話には違いない。わたしは半ば息を止めて手を伸ばした。

「ちょっといいですか?」

老人はにこっとしてモバイルフォンをわたしの膝の上に置いてくれた。そして、携帯の画像を叩きながらノルウェー語で何か呟いていた。言葉は分からなかったが、老人が何と言いたいのか状況で分かった。「電波が届かない」と言っているようだった。

それから突然ノルウェー語を止めて、恐ろしくアクセントの強い英語に切り替えて言った。

「しばらく待って」

わたしは携帯を膝に置いたまま画面を見つめていた。それにしても少し変だった。携帯の画面は九月二十九日を表示している。間違いでは。それともわたしが丸一日どこかで失くしたか？「これは」と指さして老人の顔を覗いた。

「今日は本当に九月二十九日なんですか？」

老人は画面を確かめてからうなずき、「九月二十九日、火曜日」と、はっきりした発音で答えた。と言うことは、わたしはあの納屋で二十四時間と一晩眠ったことになる。お互いに全く連絡が付かないのだから、ジュードも母さんもさぞ心配している事だろう。

車が青い外装の小奇麗なドライブインの駐車場に差し掛かった時、画面がチカチカと光った。

「すみません――」

わたしは携帯をかざして老人に尋ねた。心臓は激しく音を立てていて、言葉は喉に詰まり、口の中には妙な味が広がっていた。

「英国の家族にかけていいですか?」

老人はノルウェー語で答えたので正確な意味は不明だったが、うなずいてくれたので、許可が貰えたものと理解出来た。

わたしは手が震えてなかなかキーが押せなかった。英国の国番号は44だ。まずそれを押してから、ジュードの携帯番号を押した。

# 第36章　自殺

ジュードもわたしも長いあいだ何も言わず、おバカな二人のように、空港の真ん中でお互いをしっかり抱いたままいつまでも動かなかった。

ジュードはわたしが本人かどうか確かめるかのように、わたしの顔や髪の毛や頬の傷痕を撫で回していた。多分、わたしも彼に対して同じ事をしていたんだと思う。はっきり覚えていないが、その時わたしの頭にあったのは、帰って来られたという喜びだけだった。

〈帰って来れた――〉

「信じられない」

とジュードは同じ言葉を繰り返した。

「大丈夫なんだね？」

それから、涙がどっと溢れて来て、わたしは泣き始めた。彼のくすぐったい毛織のジャケットに顔をうずめて思いっきり泣いた。彼は無言のまま、もう離さないぞ、と言わんばかりにわたしを強く抱きしめた。

話は一週間ほど前にさかのぼる。

わたしを自宅に連れて行ってくれたホルスト氏に警察には連絡しないでほしいと思っていたが、それを言葉の壁の中で無理強いすることは出来なかった。しかし、自分でも信じられないこの複雑怪奇な犯罪をジュードがロンドン警視庁に詳しく説明すると約束してくれたので、わたしも楽観するようになった。こうなったからには、リチャード・バルマーはどんなに悪あがきをしても逃げ切れないだろう、と。

連絡を受けて駆けつけて来た警察官たちは、わたしをすぐ治療施設に連れて行ってくれ、切り傷や骨がおかしくなったくるぶしの治療や薬の手配をしてくれた。ずいぶん日時は掛かったが、ようやく医師から移動の許可が下りたので、地区の警察本署に連れて行かれた。警察署にはオスロの英国大使館から派遣された職員がわたしの到着を待ってくれていた。わたしの口から男爵夫人とキャリーの事が語られるのはこれで何度目だろう。話すたびにその怪奇さにわたし自身信じられなくなる。

「キャリーを助けてあげてください！　すぐオーロラ号の後を追わなければ――」

大使館職員は警察官に目くばせをしてノルウェー語で何か言った。そんな捜査はやらなくてもと言いたげな雰囲気だった。悪いニュースの予感がした。

「どうしたんですか？　何かあったんですか？」

「それらしい死体が二体上がりましてね」

情のこもらない大使館職員の説明だった。

「最初のは、月曜日の早朝、漁師の網に引っ掛かって。二体目は、月曜日遅くに警察のダイバーに引き上げられました」

わたしは顔を両手で覆い、目をぐりぐりもんで、瞳の内側によぎる光景と、胸につまるプレッシャーを押さえ付けた。それから、大きく息を吐いて顔を上げた。

「それで？　詳しく話してください」

「ダイバーに引き上げられた死体は男性で」

大使館職員はゆっくり話した。

「こめかみを銃で撃ち抜かれていたんですが、警察は自殺とみています。身分証のような物は身に着けていませんが、リチャード・バルマー男爵の遺体だと推測できます。オーロラ号の船員たちからは、氏が行方不明だと報告されていますから」

「それで――」

わたしは思わずつばを飲み込んだ。

「もう一人の方は――？」

「もう一人は女性で、痩せていて髪はショートで、検死はこれからですが、予備調査では溺死と考えられています――ミス・ブラックロック？」

職員はわたしの様子を見て心配になったのか、急に慌て出した。

「大丈夫ですか？　ミス・ブラックロック。誰か、ティッシュも持って来てくれませんか！　泣かないでください、ミス・ブラックロック、大丈夫ですよね？」

わたしはやりきれなくて返事が出来なかった。わたしが大丈夫と言ったら痛烈な皮肉に聞こえる。つまり、助けられたわたしが生き残り、救いの手を差し伸べたキャリーの方が犠牲になってしまった。これを皮肉と言わずしてなんと言える。

バルマー男爵が自らの命を絶ったことは一片の慰めかもしれないが、わたしにとっては気休めにもならない。わたしはただ、誰かがくれたティッシュを鼻に当てて泣き続けた。

キャリーがわたしにした事と、それを償ってわたしのためにしてくれたことが頭の中で渦巻いている。彼女の何が間違っていて何が正しかったのか。

それがどうだったにしろ、キャリーは過ちの代償を自分の命で払った。それに対してわたしは、ドジばかり踏んでいて、彼女を救ってやれなかった。

# 第37章　腑に落ちないこと

空港からジュードのアパートに向かうタクシーの中で、事件の事はほとんど話さなかった。ただ、明かりのない小部屋に長いこと閉じ込められていたわたしとしては、自分の半地下のフラットに戻るのは気が進まなかった。ジュードはそれを察していたのだろう。

家に着くと彼は居間のソファに毛布を敷き、病人をいたわるようにわたしを優しく座らせてくれ、額にそっとキスしてくれた。

「きみが帰って来たなんて信じられない」

ジュートは同じ言葉を繰り返した。

「写真できみのブーツを見せられた時はてっきり——」

ジュードの目に涙が溜まった。わたしも込み上げて来て喉が痛かった。

「キャリーがわたしのブーツを履いていったのよ」

説明するわたしの声は震えていた。

「お互い装いを交換して、わたしがキャリーに成り済ませるようにね」

話し出すと、わたしはもう自分を止められなかった。ジュードはわたしの話がひと段落するのを待って言った。

「きみ宛てのメッセージがいっぱい溜まっているんだ。きみのボイスメールが一杯になっていたから、みんな僕にかけてきてね。メッセージを残していった人達のリストを作っておいたから」

彼はポケットからリストが書かれた紙を取り出し、わたしに渡してくれた。ざっと目を通してみると、リッシー、ローアン、ママ、ジェーン、大方幼なじみの顔ぶれだが、二、三予想外の人達からも届いていた。ライバル誌編集長のティーナ・ウェストから連絡があったのは驚きだった。

〝あなたの無事を知って安心しました。返答などお気づかいは無用です〟

実業家ラースの妻クロエ・ヤンセンからは
〝お元気なこと願っています。もしわたしかラースに出来る事があったら、連絡してくださぃ〟

元彼のベン・ハワードからは電話はあったが、メッセージは何も残していなかった。

「あら、ベンから！」

わたしは良心がとがめた。

「ベンが連絡してくるなんて驚きだわ。この件は彼が裏で画策しているんだとわたしは大なり小なり疑っていたから。本当に彼が電話してきたの？」

「そんなことで驚くんじゃ、彼の功績を半分も評価していないな」

ジュードがTシャツの袖でそっと涙を拭うのが見えた。

「最初に警報を発したのは実は彼なんだ。ベルゲンから僕に電話してきて、きみが英国に帰っているかどうか問い合わせて来たんだ。きみに連絡が付かなくて皆心配していると答えると、英国の警察に緊急事態として訴えるべきだと僕にアドバイスしてくれたんだ。トロンヘイム港を出てからずっとこの件を問題視しても、船上では誰も彼の訴えに耳を貸さなかったそうだ」

「わたしを苦しめないで」

わたしは両手で顔を覆った。

「じゃあ、正反対の事も教えてあげよう」

ジュードが可愛らしく笑うと、欠けた歯がちゃんと修繕されているのが見えて嬉しかった。

「彼はやはり自己中の男だな。メール紙のおざなりなインタビューに応えて、きみとはまだ付き合っているような事を自慢げに語っているんだ」

「いいんじゃない?」

わたしは彼らしいなと思って笑った。

「だったら、それで、彼を殺人犯に仕立ててしまったことも帳消しになるかしら」

「どう、紅茶でも?」

わたしがうなずくと、ジュードはキッチンへ向かった。わたしはティッシュをまとめて箱から取り出し、それをテーブルに置き、一枚ずつ取ってはこぼれる涙を拭った。それから、何の気なしにテレビをつけた。普通の日常に早く浸りたかった。何かおなじみの番組でもないかとリモコンでチャンネルを回していた時だった。わたしはドキッとなって心臓が飛び出しそうになった。目がテレビ画面に張りついたまま離れなかった。男の目もわたしを見つめたまま動かなかった。男とは、誰あらぬリチャード・バルマー男爵だった。

男の目は射すくめるようにわたしを睨みつけながら、口を曲げて嘲笑っているように も見えた。わたしは幻覚に襲われているものと思い込み、ジュードを呼ぼうと息を吸い込んだ。彼にも同じように見えるかどうかを確かめたかった。しかし、画面は切り替わり、キャスターが最新ニュースとしてバルマー男爵の死体発見を報じていた。

「……ここで特報です。英国の実業家でノーザンライトグループの大株主でもあるリチャード・バルマー男爵が遺体となって発見されました。自身が所有する豪華客船オーロラ号がノルウェー沖を航海中の出来事で、船長の説明によるとその数時間前から本人の行方が分からず——」

バルマー男爵が演壇上で大勢の客たちに何か語りかけている画面に切り替わった。音声はキャスターのもので、男爵は口をパクパク動かしているだけだった。彼の顔がズームアップされると、わたしは吸いこまれるようにテレビに引き寄せられ、その真ん前にひざまずいて男爵の顔と向き合った。男爵は演説を終えると、カメラに向かっていつもの癖のウィンクをして見せた。わたしは胃がドスンと重くなり、全身に鳥肌が立った。

わたしはリモコンを拾い上げ、オフボタンに指をかけた。この男の顔はもう一生見ないつもりだった。ところがその時だった、カメラが男爵の背後で盛んに拍手する女性の姿を映した。長い金髪に、頬骨の広い、極め付きの美女だった。どこかで会った気がすると思いながら見ていると——思い出した！　彼女こそ男爵の妻アンネ・バルマーだった。バルマー男爵とはまだ仲むつまじくて元気な頃のアンネだった。カメラの焦点が自分に当たっていると気がつくと彼女の目の表情に微妙な変化が見られた。わたしの勝手な思い込みかもしれないが、苦しみを自分の中に呑みこんでいるような、悲しみを他人に見せまいとするような決意の表情に思えた。

画面がニュース編集室に切り替わったところでテレビを消し、わたしはソファに戻った。それから毛布をかぶり視線を壁に向けて、隣の部屋でジュードが紅茶をいれる音に耳を傾けた。

ベッドサイドの時計は深夜過ぎを指していた。わたしたちは抱き合って寝ていた。ジュードの胸はわたしの背骨にぴったりくっつき、その両腕は、夜逃げなどさせまいとするかのようにわたしを後ろからしっかりつかまえていた。彼が寝入るのを待って、わたしはすすり泣きを始めた。わたしの体の揺れで目を覚ましたのか、彼が耳元で囁いた。

「大丈夫か？」

「眠っていなかったの？」

わたしの声は涙でかすれていた。

「泣いているのか？」

否定したかったが、喉が詰まって話すのが億劫だった。それに、もう口先の嘘や誤魔化しにうんざりしていた。わたしがうなずくと、彼は手を伸ばしてわたしの頬の涙を拭ってくれた。彼が唾を飲み込むのが喉の動きで分かった。

「もう泣かなくてもいいんだ」

彼は言葉に詰まってそれ以上言えなかった。

「キャリーの事が忘れられないの」

喉の痛みをおしてわたしは話した。

月の光が床に差し込んでいるだけで、部屋の中は暗く、彼の顔を見ずに話す方が楽だった。

「受け入れられない。あんなことが——」

「男爵が自殺したことかい？」

「それだけじゃないわ。アンネのことも、キャリーのことも」

ジュードは何も言わなかったが、考えていることは伝わって来た。

「言ってみて。あなたはどう思うの？」

彼の胸がわたしの背中からいったん離れて、またくっついた。

「言っちゃいけないと分かっているけど――僕はよかったと思うね」

わたしは体を入れ替えて彼の顔を見上げた。彼は手を前に出して言い訳した。

「分かってる、分かってる！　でも、あの女がきみにした事を考えたら――正直言って僕がそんな事をされたら、僕だったら死体を引き上げてもやらないね。魚のエサにでもしてやったらいい」

わたしはキャリーの事を思い、同感できなかった。彼女は騙され、利用され、脅されてあんなことをする羽目になったのだから。

「あの人はわたしのために死んだのよ。わたしを逃がすためにね。自分のためだけだったらそんな事する必要はなかったのに」

「さあ、それはどうかな。あの女のせいできみは閉じ込められたんだぞ。一人の女性を殺した上にきみを閉じ込めた犯人じゃないか」

「あなたには分からないんだわ。人それぞれ、その時々の人間関係ってあるのよ」

体に負った傷、バルマー男爵から逃れられないという強迫観念、キャリーを取り巻いていた恐怖がわたしの頭から消えない。全ては現実だった。

ジュードは何も言わなかった。部屋が暗かったので彼の表情は読めなかったが、わたしの考えに同感できないようだった。

「そうは思わないの？」

わたしはせっついた。

「恐怖から逃れるために犯罪に引き込まれたり、他に道が無くて、つい罪を犯してしまうことってあるんだとは思わない？」

「ちょっと違うんじゃないかな？」

ジュードはわたしに言い聞かせるようにゆっくり語った。

「そういう場合も有り得るだろう。けどね、いろいろ背負いながら自分の行動に責任を持たなければならないのが僕ら人間さ。誰だってどこかで怖い目にもあっている。だからと言って他人を閉じ込めたり、この世から抹殺したりなど許される事じゃない、と僕は思う」

「さあ、どうかしら」

キャリーの事が頭から離れない。彼女の性格をその場で分析してみた。キャリーは勇敢だったけど壊れやすいところがあった。内面の孤独と恐怖を隠すために仮面をかぶっていた。背中に青あざを付け、いつも何かに怯えているのがその目に表れていた。

そんなキャリーが全てをなげうってわたしを救ってくれた。

「話は違うけど」

わたしは起き上がり、体に毛布を巻いた。

「わたしが出発する前にあなたが言っていた就職の件だけど、例のニューヨークで仕事に誘われた話、その後どうなった？　断ったの？」

「ああ、あれね。そうだ――これから連絡しようと思って。きみと連絡がつかなくなってから、その件は頭に浮かばなくて――どうしてその話を今になって？」

ジュードの声が急におぼつかなくなった。

「断らない方がいいと思って。引き受けるべきよ」

「なぜ？」

ジュードも起き上がった。一筋の月光が彼の顔を照らして、ショックと苛立ちの表情を浮き立たせた。

「一体なんでそんな話を今ここでするんだい？」

「大きなチャンスだからよ。以前から狙っていた仕事だって言っていたじゃない」

わたしは説得を続けた。

「引き受けてみたら？　ロンドンに縛られている理由はないんでしょ？」

「縛られている理由はないって？」

ジュードが唾を飲み込む音が聞こえ、拳を握ったり開いたりしているのが見えた。

「縛られる理由はあると思っていたんだけど——きみは僕と別れたいのか？」

「なんですって？」

　ショックを受けるのは今度はわたしの番だった。わたしは首を振り、彼の手を取って拳の腱を撫でた。

「ジュード、それはないわ、絶対に！　ニューヨークへ一緒に行きましょ」

「でも、きみにはベロシティ誌での仕事があるじゃないか。ローアン編集長が出産で休んでいる間の代理はきみにとってのビッグチャンスなはずだけど」

「ビッグチャンスなんかじゃないわ」

　わたしはため息をついて続けた。わたしの手はシーツの下でジュードの手を握ったままだった。

「わたしはあの船の上でベロシティ誌のために十年も働いたような気がしているの。ベンやその他の乗客たちはチャンスを求めて色々動き回っていたけれど、わたしはそれらしいことは何もできなかった。それに、ローアン編集長は六ヶ月もすれば戻って来るのよ。そうなったらわたしの居場所はなくなるでしょ。梯子は自分で掛けたけど、もうそれに登りたくないの。船にいた時は孤独だったけど、考える時間はあったのよ。特にこの件はね」

「どういうことだい？　僕たちが出会ってからずっときみはベロシティ誌での仕事の事し

か話さなかったじゃないか」

「自分で視界を狭めていたんだと思う。ティーナやアレクサンダーみたいに色んな国を旅しては五つ星ホテルやミシュランレストランしか知らない人生を送りたくないの。ローアンも同じ、カリブ海の高級リゾート地を訪ねてはバルマー男爵のような人種が喜ぶような記事を書いて満足している。わたしはそんな真似はしたくない。旅行記を書くなら、そこに住む人達のありのままをリポートしたい。これからは何処にも所属しないで、フリーランスの記者として一から出直そうと思っているの」

そこまで言って、思わずわたしは笑った。抜群のアイデアが閃いたからだ。

「そうだ、本が書ける。〝海に浮かぶわたしの留置場、本当にあった話〟」

「ロー」

ジュードがわたしの手を取った。月明かりの中で彼の目は黒く光っていた。

「ロー、冗談ならよせよ。それとも本気なのか?」

わたしは息を大きく吸い込んでからうなずいた。

「大真面目よ」

しばらくするとジュードはわたしの肩を枕にして眠り始めた。そのままだと後で肩が凝ると分かっていたが、彼の眠りを妨げたくないのでそのままにしておいた。

「眠っているの？」

彼の耳もとで囁いたが、反応がなかった。いつも通り寝入るのが早いなと思っていると、ジュードがぼそぼそと話しだした。

「どうしたんだい？」

「わたし眠れないの」

ジュードがわたしの腕の中に転げて来た。

「その事じゃなくて――」

「まだ彼女の事が気になるんだ？」

暗い中でわたしはうなずいた。ジュードはため息をついた。

「彼女の遺体をいつ見たの？」

わたしの問いにジュードは首を横に振った。

「僕は見ていないけど」

「どういうこと？　遺体確認を警察から頼まれたんでしょ？」

「警察から送られてきたのは遺体の写真じゃなかったんだ。遺体の写真だったらきみじゃないと分かるから、丸二日間もあんなに苦しまなくて済んだのに。写真に写っていたのは衣類だけだった」

「警察は何故そんな事するのかしら?」

不可解だった。遺体ではなく、女性が着ていた衣類を確認してくれとはどういうことなんだろう? ジュードが肩をすぼめるのが分かった。

「僕にも分からない。その時は遺体の損傷が激しいからだと思っていたけど、きみから電話があったあとで、この件を担当していた女性警察官に問い合わせたんだ。どうして衣類の確認なんて頼んできたのかってね。女性警察官がノルウェー警察に問い合わせた結果、衣類と遺体が別々に見つかったからだとの事——」

なるほど、とわたしはその謎解きを頭の中で試みた。キャリーはバルマー男爵から必死になって逃げようと最後の瞬間にブーツとパーカを脱ぎ捨てて海に飛び込んだのだろうか。

キャリーの怒った顔が夢に出てくるのが怖くて、わたしはなかなか寝付けなかった。が、やがて瞼が重くなり、夢に現れたのはバルマー男爵だった。男爵はわたしの目の前で笑い、黒い髪を風でたなびかせながら、オーロラ号のデッキから海へ落ちて行った。

目を覚ました時わたしの心臓は激しく脈打っていた。彼は本当に死んだのだろうか。死体が確認されたことを思い返して、わたしは自分を安心させようとした。もう大丈夫——ジュードもわたしの腕の中で眠っている。悪夢全体が終わったのだ、と。

しかし、どうしても腑に落ちない事がある。キャリーの死が受け入れられないのは事実だが、その件ではない。バルマー男爵の死が受け入れられないのだ。生きることに強欲な男が死んだのが受け入れられない、と言うわけではなく、〝自殺〟というのが納得できないのだ。キャリーが自殺したと言うならさもありなんという状況だが、バルマー男爵が自殺したと言われても俄かには信じられない。いくら考えてみても、あの計算づくめの、自分の我がままのためなら平気で妻を殺す冷血漢が、どれほど追い詰められたといって自らの命を絶つものだろうか？　有り得そうにないところが引っ掛かる。しかし、客観的事実は彼が自殺したことを示している。受け入れるしかないのでは。リチャード・バルマーなる男はもうこの世には居ないのだ、と。

男爵の亡霊を頭から振り払い、わたしは再び目を閉じてジュードの腕の中に潜った。そして、ニューヨークでの二人の未来に頭を切り替えた。ありったけの誠意を尽くしてジュードを幸せにしてやろうと思った。閉じた目の暗い視界の中で一瞬妙な光景が浮かんだ。わたしがどこかの高い高い所に立ち、細い手すりの上でふらふらとバランスを取っている。真下には海の黒いうねりが見える。今にも落下しそうだ。しかし、わたしは全然怖くなかった。何故なら本当に落下しても、こうして生き延びている実感を噛み締めているからだ。

# イブニングスタンダード紙

十一月二十六日　木曜日

オーロラ号、謎の溺死体の主判明

豪華客船オーロラ号の処女航海中に海中から二遺体が引き上げられるというショッキングな出来事からおよそ二ヶ月。片方は英国のビジネスマンで男爵のリチャード・バルマー氏であることは既に確認されているが、北海で漁師の網にかかったもう一人の溺死体はバルマー氏の妻でノルウェー財閥の相続人であるアンネ・バルマーさんであることが確認された。（以上ノルウェー警察の発表）

一方、バルマー氏の遺体は、ノルウェーのベルゲン港近くの沿岸を航海中のオーロラ号から、乗船しているはずの氏が行方不明との連絡があり、付近の海岸を捜索した警察のダイバーによって発見したもの。

## 自殺説を否定

英国当局による声明は、先にノルウェー警察が発表したバルマー夫人の溺死を事実として追認するものの、バルマー氏の死因については、こめかみに撃ち込まれた銃弾によるものと認めつつも、地元の検死医が自殺説を否定した件を取り上げて、先にノルウェー警察から発表された自殺説を疑問視している。

バルマー氏の遺体のそばには拳銃と一緒に英国人ジャーナリスト、ブラックロック嬢の衣類の入った包みが落ちていた。

バルマー氏の死とブラックロック嬢が、その数日前から行方不明になっていた事実と関連があるのでは、と当初から言われていたが、拳銃と衣類が一緒に海底で見つかったことは、この推測が正しいことを裏付けるものである。

後にブラックロック嬢はノルウェー国内で生存している事が判明したが、彼女のご両親は、先に発見された女性の溺死死体が行方不明の娘だと告げられたまま放っておかれた件で警察を責めると、ロンドン警視庁は、例の女性の溺死体がブラックロック嬢のものだと認めたことはこれまで一度も無いと明言した。ただ、彼女の衣類の発見が誤解を生む形でご家族に伝えられていた事は渋々認め、この誤解の原因はノルウェーと英国の両当局者の双方の不手際にあると断じて、現在はブラックロック家と個別に話し合っているとの事。

ノルウェー警察のスポークスマンはスタンダード紙の質問に答えて、ブラックロック嬢には任意で何度か事情聴取を行ったが、どちらの死についても容疑は全く構成しないと明言した。ただ捜査はこれからも行っていくという。

## 銀行のライブ・チャット：十二月六日、午後四時一五分

ハイ、お客様、ライブ・チャットへようこそ。
わたしは個人預金部のアジェッシです。
どんなご用件でしょうか、ミス・ブラックロック？

ハーイ、わたしがEメールしているのは
わたしの預金口座に誰かが現金を振り込んだからです。
送り主が誰なのか調べてくれませんか？

ハーイ、ミス・ブラックロック。すぐお調べいたします。
結果は、出次第にお知らせするということでよろしいですか？

はい、結構です。では、よろしく。

あなたがご心配の振り込みの詳細を教えてくれますか、ミス・ブラックロック？

二日前、つまり十二月四日ですが、四万スイスフランがわたしの口座に振り込まれたんです。

調べてみましょう。はい、ありました。振り込み主は〝クマのプーさん〟となっていますが、お心当たりは？

えっ！……は、はい……分かりました、分かりました。

ベルンのスイス銀行から振り込まれていますが、送り主の口座は番号口座なので、名前や住所などそれ以上詳しくは分かりません。

いいんです、いいんです。
友達が振り込んだのに違いありません。
ちょっと確認したかっただけです。

ほかに何かお手伝いすることはございますか、ミス・ブラックロック？

いいえ、ありません。それでは、さようなら。

〔了〕

## 超訳について

「超訳」は、自然な日本語を目指して進める新しい考えの翻訳で、アカデミー出版の登録商標です。

近日発売。
追跡
シドニィ・シェルダン作
永井博　イラストレーション
天馬龍行　超訳
THE CHACE

# 三万語が頭から離れない

## だまされたつもりで始めたら勝ち組に！

英語ができると「受験にも就職にも有利なんだよな」「でも英語の成績はイマイチ」と、不安を感じている人が多い中で、ちゃっかり英語の実力をつけてしまっている人たちが日本中で二五〇万人もいる。『イングリッシュ・アドベンチャー（ＥＡ）』とか『家出のドリッピー』とかの噂はあなたもどこかで聞いているはず。そんなに効果があるなんてウソだろうと決めつけたら、あなたのソン。以下のリポートに出てくる感謝状は全部ホンモノ。

初級編『家出のドリッピー』を始めたばかりの会員の声を紹介しよう。

「ドリ、始めました！　いやあ楽しい！　何でもっと早くから始めなかったんだろう。嗚呼、後悔」

「まだドリ②なのに、もう英語の成績がアップしました」

「今はハリポタを原作で読み始めてます。難しいけど、ドリと一緒に頑張るぞ!」

え？　ドリ②の「2」は何のことかって？　十二章一年で完結するストーリーの二章目のこと。

CDをかけると、まずは美しいBGMが流れ、愉快な効果音とともに主人公の雨粒坊や・ドリッピーの登場。

このドリの声を聴いた瞬間、あなたはもうドリのとりこになっている。

そして物語の語り部は、もう、知っているよね。これ以上の俳優は生まれないだろうと言わしめたオーソン・ウェルズ。渋いナレーションに酔わされて、おもわずその極上の発音やイントネーションをマネしたくなる。

ドリが無謀な冒険に出てからは、次々と新しい登場人物が現れる。実はここにリスニング上達の鍵が隠されている。老若男女、低い声、高い声、いろんな特徴を持った登場人物が、どんな人の話し方をも聴き取る力を身につけさせてくれるのだ。

## たいせつな単語や言い回しは忘れないよう工夫が……

ドリを聴き始めたら、だいたいの人はすぐに成績がアップする。

「毎日ドリちゃん、聴いてます。そのおかげでリスニングのテスト、二回連続、満点取っちゃいました」

「この前のテスト、全然勉強しなかったのに、クラスで一番を取っちゃいました。EAのおかげです！」

で、やがてはこうなる。

「志望大学に合格しました！　まだドリ最終章をやってる最中だったのに……こんなに早く成果が出てドリちゃんに感謝してます！」

なぜ聴くだけの英語教材で、リスニング以外のペーパーテストまでクリアしてしまうのか？　そこにもEAならではの大きな鍵が隠されている。初級編から上級編まで、ストーリーを作成したのは、世界中に熱狂的なファンを持つ、サスペンス作家のシドニィ・シェルダン。そう、どんでん返しに次ぐどんでん返しで、読者をはらはらドキドキの世界に迷い込ませ、出す本はすべてミリオンセラーになるという作家である。

しかも一番肝心な初級編で、日本びいきのシェルダン氏は、日常会話に最低限必要な単語や熟語、言い回しの他にも、なんと日本での受験英語や英検、TOEICなど、あらゆる場面に必要なものを十二章の中に散りばめるという、すごいテクニックを施してくれたのだ。その量はおよそ三万語。

しかも特にたいせつなものは、忘れた頃にまた登場させて復習させるという、氏ならではのテクニックで！

試験に臨んでいると、耳で覚えたドリや他の登場人物の言い回しが、ふいにＢＧＭや効果音とともに浮かんでくる。（接続詞は……）なんて考えなくても、歌の歌詞のように自然と口をついて出る。それはまるで赤ちゃんが自然とママやパパの話す声を聴きながら育って、やがて母国語を話せるようになるのと変わらない。

さて、英語の上達を望んでいる人、無料で試せる試聴制度があるのだから、迷わず体験してみよう。続けるか否かはあなたの自由だ。

## 十日間、無料で試聴できます

ハガキか電話、またはインターネットで申し込むと、第一回目の教材が送られてくるから、教材の内容をよく確かめたうえで入会するかどうか決めることができる。

第一章を試聴してみて、これを続けようと思う場合はそのまま使っていると会員として登録され、翌月には第二章が送られてくる。入会したくない場合は第一章を受け取ってから十日以内に返品すればよい。また、途中で退会することも自由。

入会した場合の費用は毎月四、七二〇円（税・送料込）。

初級コースの『ドリッピー』も初中級の『コインの冒険』も中級の『追跡』も十二か月、十二章で完結する。入会金、郵送費等は不要。

なお『ドリッピー』を終えると二年目コースとして自動的に『コインの冒険』に、『コインの冒険』から入会した人は自動的に『追跡』に、『追跡』から入会した人は上級コースの『ゲームの達人』に進むシステムになっているが、一年だけで終えるのも、途中の章で退会するのも常に自由。その場合はＥＡ事務局に連絡するだけでよい。

電話でのお申し込みは、
日本全国フリーダイヤル
０１２０・０７７・０７７
ハガキでのお申し込みは、
一五〇―〇〇三五　東京都渋谷区鉢山町15―5　アカデミー出版
インターネットからのお申し込みは、
http://www.ea-go.com

第10客室の女（下）
二〇二〇年　二月　一日　第一刷発行
著　者　ルース・ウェア
訳　者　天馬龍行
発行者　益子邦夫
発行所　㈱アカデミー出版
東京都渋谷区鉢山町15—5
郵便番号　一五〇‐〇〇三五
電話　〇三（三四六四）一三一七
FAX　〇三（三七八〇）六三八五
http://www.ea-go.com
印刷・製本　株式会社堀内印刷所

ISBN 978-4-86036-531-8